三民叢刊 114

是我們改變了世界

張放 著

三民書局印行

自序

張放

自從開始摸索寫作以來，我內心一直銘記袁枚《隨園詩話》中的觀點：「蠶食桑而所吐者絲，非桑也。蜂採花而釀者蜜，非花也。」桑葉花粉的啃食與採擷，就是讀書和體驗生活，這兩者同樣重要，它對於從事文學創作的人具有成敗的影響。為了吃到鮮嫩可口的桑葉，採到滋養而奪目的花蕾，即使犧牲了金錢或愛情，在所不惜。為了買書，我化了大部份工資和稿費，甚至還曾借過高利貸。雖然我的藏書不算多，但即使夜以繼日閱讀，今生今世，恐也難以讀完。這和新書陸續湧進有關。

不少文學朋友都認為「寫日記」是好習慣。它可以記錄自己的思想、感情；隨著歲月的運轉，它可成為知識經驗的積累資產。俄國作家果戈里說過：「一個作家，應該像畫家一樣，身上經常帶著鉛筆和紙張。一位畫家如果虛度了一天，沒有畫成一張畫稿，那很不好。

一個作家如果虛度了一天，沒有記下一條思想，一個特點，也很不好。」過去三四十年來我的「日記」內容，讀書札記佔了百分之九十以上。這並不是炫耀自己刻苦自己用功，而是我一直過著單調呆板的生活，實在乏善可陳，無啥可記。

作家從事創作像蠶吃桑葉、蜜蜂採擷花粉而成為絲與蜂蜜，也同孕婦通過十月懷胎而產下嬰兒一樣，是痛苦的，也是歡愉的收穫；因此每位作家朋友寫出的作品，敝帚自珍，這也是人之常情。高爾基曾警告文學作家說：「不要把你自己所做成的東西，靴子、椅子、書本子，當成偶像。」這卽是說，文學作品並不比農夫種植的玉米、木匠製造的椅子，或是鞋匠縫製的靴子高貴。過去文人墨客所謂「字字珠璣」，那只是誇張的讚美詞句而已。

柳宗元有一首〈漁翁〉詩：

> 漁翁夜傍西巖宿，曉汲清湘然楚竹。烟消日出不見人，欸乃一聲山水綠。回首天際下中流，巖上無心雲相逐。

這首詩寫得不錯，意境深遠，形象思維優美。蘇軾看過，認為删掉後面十四字，才會「餘情不盡」。仔細思索推敲，才瞭解蘇東坡目光如炬，删除真好。文學作家若捨不得删改作品，那才是天大的傻瓜。這話說起來容易，做起來卻很困難。

五〇年代初，臺北發生一件引人矚目的風波：一位三〇年代崛起的資深作家，因為連續受到某報副刊主編的退稿，按捺不住火爆脾氣，跑去找那位主編理論。他問：「你過去知道我麼？」那主編和氣地說：「我讀中學時就看過您的散文。」作家氣憤地問：「那你為什麼退我的稿子？難道我寫得不好？」主編陪著笑臉說：「不是您寫得不好，而是您的散文沒有進步。」不用說，那位資深作家氣唬唬走了。

如今我已年逾六旬，從事文學寫作大半輩子，可說毫無成績。唯一值得安慰的是我尚有自知之明：好作品知道好，壞作品也心裡有數，審視自己作品永遠保持冷靜的頭腦。不驕不躁，更不敢自我陶醉。客觀而論，我也許不致於患老人癡呆症吧？

清朝書畫家、文學家鄭板橋在他全集〈後刻詩序〉中，曾作了鄭重聲明：「板橋詩刻止於此矣。死後如有托名翻板，將平日無聊應酬之作，改竄爛入，我為厲鬼，必擊其腦！」

今後我將嚴守著質樸的、誠懇的、寧缺勿濫的原則，努力向前。

八四年二月新店溪岸

是我們改變了世界

臭豆腐乾

作家夏丏尊聽到門外「臭豆腐乾喲」的叫賣聲，引起無限感慨。他認爲像這種「言行一致，名副其實，不欺騙別人的事情」，是難能可貴的。夏丏尊嚴肅的指出：「這呼聲在欺詐橫行的現世，儼然是一種憤世嫉俗的激越的諷刺！」

夏丏尊逝世快半世紀了。若是他活到現在，看到當前社會老王賣瓜自賣自誇的風氣，他一定變得沈默寡言，用冷漠的態度視之。因爲在工商業的社會裡，謙虛、誠實已是落伍的名詞。任何商品皆需要包裝、宣傳，否則只有自生自滅；像《紅樓夢》中的話，化作一股輕煙，飄向茫茫的遠方。

我少年時最愛聽賣大力丸的胡吹海嗙，雖明知他的藥丸並不能治病，但每場總有些人掏錢購買。

「俺這個大力丸有三種人不賣：在家不孝順父母，出外不結交朋友，上炕認識老婆，下炕認識鞋，這兩種人俺不賣給他。那第三種人，他站在場子外頭，把嘴一撇，冷言冷語的說：這大力丸是假的……」每逢聽見這句話，我的心噗噗直跳。因爲我屬於第三種人。一日，我懷著試探的心情掏出鈔票，買二粒大力丸作紀念。妙哉，那漢子齜牙朝我一笑，還恭維我：「連這位小兄弟都捧場，謝啦！」

有一年夏天，我們一家人到高雄看《梁山伯和祝英台》故事片。因劇情悲劇性特濃，演到英台哭墳，不少觀眾低聲啜泣。晶兒聰明，愛求表現，貼近我耳邊告訴我：「爸，我噗（哭）啦！」我輕聲安慰她：「好乖，別哭，這是演戲。」接著，五歲的星兒湊近我，淚眼模糊，聲音沙啞的說：「我也噗啦！」我當時不耐煩的說：「好好看電影吧！眞煩。」

爲了這件小事，妻卻一直耿耿於懷。兒女幼小，天眞未鑿，他們道出藏在內心的情感，作父親的應該用適當的話語安慰他、答覆他，否則將給幼小心靈蒙上一道陰影。我爲此事感到無比難過。直到二十年後，星兒已工作了，我無意中談起這件往事，星兒卻拊掌大笑：「眞有這回事嗎？我小時候怎麼這麼笨？」客觀而論，星兒缺點是不諳世故，其實星兒小時並不笨，而是幼稚、純潔。赤子之心，若能永遠保持下去，那才是難能可貴的品質。

夏丏尊高度讚揚叫賣臭豆腐乾的小販，乃是項莊舞劍，意在沛公，他只是藉題發揮而已。我國的文人名士，自古至今，有不少人言行不一、名實不符，而且尙有「空頭文學家和美術家」。比起賣臭豆腐乾小販，應引爲慚愧才是。

坐在螢光幕前、討論會上，常見青年文學工作者口沫橫飛，語驚四座。瞧他那狂妄的旁若無人神色，聯想起李白的詩句：「仰天大笑出門去，我輩豈是蓬蒿人。」李白是酒鬼，也是瘋子，他是所謂「玩文學」的祖師爺。他一路玩山川、玩瀟灑，玩得「天子呼來不上船」；最後玩月亮，躍水而亡。李白給後代留下了狂妄自大的浮驕習氣，破壞了我國傳統的溫柔敦厚的文風。李白地下有知，他也許不承認自己的錯誤責任吧。

「李白斗酒詩百篇」，這是李白小集團精心設計的騙人廣告。它捧紅了詩人李白，卻害慘了芸芸眾生。同時負面影響甚爲嚴重。大抵受了晉朝舊知識分子遺風，飲酒、清談、放蕩不羈；而且四體不勤、五穀不分，完全是行屍走肉寄生蟲而已。《世說新語》可作驗證：「名士不必須奇才，但使常得無事，痛飲酒，熟讀離騷，便可稱名士。」須知人在寫作時，產生活躍的思維與情感衝動，它仰賴腦部的營養供應，也就是血糖的含量。飲酒可使血糖下降、倦怠、思維不力。因此，「我醉欲眠君且去」是眞實的情況，而「李白斗酒詩百篇」則是偉大的空話。

作家若拉場子搞自我推銷，應向賣臭豆腐乾小販學習才是。

敢問「殷塵」今何在？

抗日戰爭爆發，最高當局在槍口對外，共赴國難前提下，團結海內外異議分子，走向保衞祖國共同抗日的戰場。流放日本十年的作家郭沫若便是這樣歸國的。當時郭沫若住在和東京僅一水之隔的市川，已感到時局緊張，日軍用飛機在空中演習，各地展開青年參軍宣傳。七月中旬的一天，一位名叫殷塵的浙江青年，秘密地走進了郭家的籬笆院門。

殷塵原名金祖同，是奉國民政府之命幫助安排郭沫若回國的引路人。那時國內政界要人張群、邵力子以及作家郁達夫等，曾爲郭沫若回國作了進言，最後蔣委員長欣然同意。於是在戰爭爆發的緊張時局中，決定派人秘密接應郭沫若返國。

郭沫若住在市川市郊，受到當地日本警探的監視。由於時局不斷變化，郭沫若知道他在日警嚴密監視下，如果逃脫不成，一定會被關進日本監獄。他和金祖同進行秘密會商，通過我駐日大使許世英的聯繫，決定儘速離開日本，返回戰火硝烟的祖國。

七月十四日，郭沫若收到一個明信片，上面寫著：

石沱先生：

青年會已經去看過，現有十六、十八、二十、二十二、二十四號等間空室，俱西式，空氣甚好。叔崖君願為君在室中布置一切。合意那間請來信告知，俾予先通知收拾……

殷塵上

這個明信片上皆爲隱語：「青年會」是神戶；「西式房間」指外國輪船；幾個房間號碼指開船的日期；叔崖是錢瘦鐵，殷塵當然是金祖同了。

於是，七月二十四日，郭沫若化名楊伯勉，金祖同化名殷祖桐，兩人先到橫濱，次日抵達神戶，登上了加拿大的「日本皇后號」客輪頭等艙，每張票八十日元。航途上，郭沫若爲了紀念二十四日拋妻別離的日子，寫了一首五言律詩：

廿四傳花信，有鳥志喬遷。
緩急勞斟酌，安危費斡旋。
托身期泰岱，翹首望堯天。
此意輕鷹鸇，群雛劇可憐。

另外，郭沫若步魯迅原韻，寫了一首七律，這首詩寫得非常好，傳誦一時。那年他四十六歲，才華洋溢，正值春秋鼎盛之年，詩曰：

又當投筆請纓時，別婦拋雛斷藕絲。
去國十年餘淚血，登舟三宿見旌旗。
欣將殘骨埋諸夏，哭吐精誠賦此詩。
四萬萬人齊蹈厲，同心同德一戎衣。

這已是半世紀以前的舊話。每當回憶起這段史實，我總會想起當年秘密接應郭沫若回國的金祖同，此人到底是做什麼的？結局如何？老實說，金祖同肯冒險陪他回國，是一樁艱鉅而偉大的行動。

金祖同曾化名殷塵，從字面上說，殷塵者，殷人之塵屑也。一看就是搞金石考古的。郭沫若在流放日本十年，也曾搞過考古，想係金祖同曾以此和他交往，這是推測。我曾問過考古人類學家陳奇祿先生，知道殷塵或金祖同否？他茫然。因爲我從一篇文章中，發現金祖同在抗日戰爭勝利後，到了臺灣，經沈仲九介紹，以「高山族指導員」名義，住了兩年。這也可能是事實。四十多年前我初到臺灣，每遇山地各族同胞，語言隔閡，常以日本語和他們交談。金祖同留學日本，當然可以擔任光復初的「高山族指導員」工作，也許是事實。

有關金祖同的傳說很多，讓人迷茫。一說他在一九四九年五月，在上海和劉大白的小女兒劉滿子結婚，到了五〇年代後期，中共開展反右運動，金祖同受政治牽累蒙冤而死。這種說法也有可能。金祖同原籍浙江秀水，回族，字曉崗，他出生在十里洋場的上海，因爲他父親在上海經營書店。書商和詩人劉大白結爲兒女親家，甚有可能。還有一則傳說，令人撲朔迷離，金祖同在抗日戰爭勝利後因戀愛問題投江自殺，才三十多歲。

我想有關金祖同的史料，海內外知道的人不多，令人遺憾。至於那位替他倆買船票的錢瘦鐵（叔崖），乃是我駐日大使館職員，這將是不容置疑的事。

葉公超畫竹

葉公超先生贈我一幅墨竹，掛於寒舍客廳，已近二十年。每憶葉公生前的牢騷話：「怒畫竹，喜畫蘭」，一直不解。他生前曾向我說過：新詩人要大膽地多讀舊詩。寫小說的也要讀一點唐人傳奇。可惜我不會寫詩，而且是空頭的文學家，葉公的話終未實踐。民國五十九年三月，葉公在臺北某報副刊發表隨筆，文中說：

若沒有抗戰，我想我是不會進外交界的。現在，我倒有些後悔沒有繼續從事文學藝術。所幸，我雖然從外交界退休了，我對文藝的興趣永遠沒有退休。

大抵就在葉公寫這篇短文時期，他經常從天母寓所來中華路文藝中心畫廊看畫展。那時，「文藝月刊社」設於畫廊一角，約兩坪大。我剛接任主編不久。一日，一位老畫家陪葉公觀畫，順便介紹我和葉公見面。葉公熱情，一見如故。他談起看過我的長篇小說《驚濤》，雖然文字稍粗糙，但氣勢尚可取，以爲作者年屆耳順之年。葉公爲了堅持《驚濤》得獎，曾和一位評審委員發生爭執。這是讓我受寵若驚的事。我曾建議業師梁實秋先生寫「新月派」回憶錄，梁公回信忙於撰寫英國文學史，無法應允供稿；如今葉公是新月派健將，提及此項請求，他拊掌大笑：「我不敢寫啊！」

葉公九歲赴英國，青年時期在美國求學，受到著名詩人弗洛斯特R. Frost的教導，又和詩人兼評論家艾略特T. S. Eliot成爲莫逆之交。回國後，曾在暨南大學、清華大學任教。他的門生錢鍾書批評他「懶」，可能葉公藝術氣息重，不拘小節的緣故。葉公脫離外交部後，時常和朋友到信義路下小館，有一次我還碰見他在圓環夜市吃蚵仔煎。一位朋友告訴我，某次爲了外交問題，葉公受到最高指責，也許那日他心情惡劣，當面頂撞統帥：「外交您比不上我懂！」從此畫竹、教書、看畫展、下小館，他的孤獨與潦倒的心態可見一斑了。

有人認爲，若是葉公於抗戰時期任教西南聯大，不去外交部工作，也許會在學問上創造出輝煌的業績。這是見仁見智的不同論斷。其實葉公超先生在外交上創造出不可磨滅的功績，同時他在英美文學以及水墨畫上，也留下了燦爛的成果。

逛書攤

我國知識分子常以逛書攤視爲樂事。每值晴朗天氣，星期假日，一個人溜到書市漫步，看那些五花八門書刊，猶如小老鼠鑽進米倉，眼花撩亂，心驚肉跳，恨不得一口吃成胖子，將滄海般知識學問一股腦吞進肚裡。西漢楊雄《法言》：「好書而不要諸仲尼，書肆也。」我國文士早在漢代便有逛書肆的紀錄。《後漢書・王充傳》上記載：

> （充）師事扶風班彪，好博覽而不守章句。家貧無書，常游洛陽市肆，閱所賣書，一見輒能誦憶，遂博通眾流百家之言。後歸鄉里，屏居教授。

清朝康熙年間詩人王漁洋，因爲常到北京宣武門外下斜街慈仁寺逛書攤，凡有朋友想找他，常去慈仁寺書肆尋覓，一定見到。在他的《古夫于亭雜錄》裡記載：

昔有士欲謁余不見，以告昆山徐司寇。司寇教以每月三、五，於慈仁寺書攤候之，已而果然。

當時著名戲曲作家孔尙任有詩云：

彈鋏歸來抱膝吟，侯門今似海門深。
御車掃徑皆多事，只向慈仁寺裡尋。

原詩末尾有一則注釋：「漁洋龍門高峻，不易見。每於慈仁寺購書，乃得一瞻顏色。」

文人逛書攤，如同城市婦女逛百貨商場，看那奇裝異服、化粧用品，以及高貴首飾鑽戒，即使買不起它，多瞅幾眼也挺過癮。張恨水在重慶時，住於「待漏齋」，生活清苦。因喜愛黃仲則作品，一日逛書攤，發現《兩當軒集》殘本，大喜。書商索價百元，恨水還價五十，悵然而返。誰料次日恨水湊足百元前往購買，那本書已售於他人，引爲憾事。世間凡眞正的文人，沒有不愛逛書攤的，也沒有不視書爲珍寶的，否則那就像魯迅所說的是「空頭文學家和美術家」。

五〇年代後期，臺北牯嶺街一帶舊書店林立，沿街道路旁佈滿書攤。文史、醫學、科技、碑帖，以及中外各種雜誌，應有盡有，確爲知識分子尋寶的樂園。那時我在基隆服務，每到假日，從基隆搭乘早班火車抵臺北。先繞到武昌街騎樓麵攤吃一碗牛肉麵，再乘五路公車赴牯嶺街逛書攤。我慢慢走、細細看，渴了在路邊買一瓶汽水，餓了來一客排骨菜飯，吃罷把嘴一抹，繼續翻看舊書。直挺到暮色蒼茫，我才拖著疲乏的身子，帶著精挑細選的幾本殘書，返回基隆。

我總把從書肆挑選而來的書看作「養子」，雖然它非我所生，但是對它有鍾愛養育之情。六〇年代，我沙中掏金從書肆找回姚雪垠《長夜》、端木蕻良《科爾沁旗的草原》，那時列爲禁書。有一位小說家借走，卻不愼遺失，爲了這件事，我曾氣得哭了一場。你莫笑我，當時卽使腰纏萬貫也難以買到啊！

每逢經過臺北重慶南路，總得去商務印書館、三民書局、黎明文化事業公司逗留一會兒，看到擺在櫥架上的暢銷書、新書，覺得酸溜溜的。而我寫的二十幾本書，卻躲在陰暗的一角，像見不得客人的醜小鴨，使我臉紅心跳。我買了數本書，低聲問店員：「姓張的這個人的書，有人買嗎？」店員是老實人，實話實說：「有是有，不多。年輕人不愛看他的書。」付了錢，趕緊溜之大吉。

雖然我沒啥學問，藏書卻不少。這都是三、四十年積累下來的。有的購自書店，有的來自書攤，也有在租書店發現珍本，我繳了押金、租金騙來的。某年春節，我帶了牙牙學語的星兒在高雄逛書店，也許我專心翻書，萬頭鑽動，星兒竟隨同人潮走失。我遍尋不見，只得打電話報案。蘭梓嚇得面色蒼白，氣急敗壞地要我賠她的兒子。我說星兒也是我兒子，我不小心丟了他，怎麼賠？兩天後我從派出所簽名蓋章領回星兒。

漢字之美

我國的漢字，眞是世界上最奇妙而美麗的文字。許多外國語言學家，異口同聲稱讚中國文字，因爲沒有任何一種文字比得上它的讀音明確、結構簡單。我小時候認字，先從人、手、足、刀、尺學起，以標準國語發音，若是改用福建、廣東、浙江、四川話發音，成了「一人一把號，各吹各的調」，誰也聽不明白，這就是我國方塊字的特性。

著名語言學家趙元任早年以八十二個漢字，寫了一則小小說，妙不可言。通篇只有一個讀音 SHI。讀起來可以訓練正確發音。原文抄錄如後：

石室詩士施氏，嗜獅，誓食十獅。氏時時適市視獅。十時，適十獅適。氏視十獅，恃矢勢，使十獅逝世。氏拾是十獅屍，適石室，石室濕，氏使侍拭石室，石室拭，氏始試食是十獅屍。食時，始識是獅屍，實十石獅，試釋是獅。

這篇小小說，雖然八十二個漢字發音相同，但其意思卻迥異，這就是漢字的特性。若是當年中國大陸改造漢字成功，實施「拉改」，那麼唸起來不但外國人目瞪口呆，連中國人也一個個傻了眼！當年北京多少文字學家，辛苦地在為「漢字拉丁化」絞盡腦汁，研究探索，結果還是小孩撒尿和泥巴，浪費了大好光陰。幸虧「漢字拉丁化」沒有搞成，否則具有中國文化特色的漢字消滅，中華民族四分五裂，我看不懂拉丁字，形同文盲，即使大陸同胞認識拉丁文，瞭解其意，那臺灣、港澳也只好變成外國人了。

蘇聯名詩人吉洪諾夫說：

只有用音樂才能傳達出中國語言的聲音，只有用音樂才不會把它損傷，從這聲音裡，可以隱約地聽見鋼鐵的沸騰，猛虎的低嘯，奔流的浩蕩。

牆內開花牆外香，不足爲奇；但若擁有花樹的主人，不珍惜它，甚至想拿一把斧子砍掉它，那若說他是敗家子不爲過吧！

文弱書生

從事腦力勞動的人，和從事體力勞動的人不同，眼睛視力和身體健康情況，腦力勞動者總比不上體力勞動者優異。這種「文弱書生」，過去演文明戲，書生在舞臺上不是燈下讀書，便是和年輕女子戀愛調情；步入新時代的話劇，知識分子戴著眼鏡，穿長袍，左上方掛著金星牌鋼筆，手中拿《約翰・克利斯多夫》，和青年男女辯論國事。雖然講得頭頭是道，激昂慷慨，但是他肩不能挑擔，手不能提籃，就如同屠格涅甫創造的青年典型羅亭，只會動嘴巴吹牛，卻一事無成，一百斤麵蒸的壽桃——廢物點心！

北伐以後，文化人投筆從戎，也幹起革命工作。但卻也留下不少笑料。抗戰時，有人去部隊找某連指導員，値星班長指著村外小河說：「你看，站在河邊柳樹下吹口琴的就是俺指導員。」

其實我國古代的教育，文武合一，絕不是培養「文弱書生」。孔子教育門生，「禮、樂、射、御、書、數」，是標準文武合一教育。我國古代的詩人，身體都很硬朗，從未見過戴眼鏡的。杜甫年輕時，寫詩時寫詩，不寫詩的時候，不是爬樹就是慢跑，從不睡懶覺，或是泡在茶藝館吹牛，「天下文章數我縣，我縣文章數舍弟，我替舍弟改文章。」杜甫的〈百憂集行〉便留下這段史實記載：「健如黃犢走復來，一日上樹能千回。」杜甫壯得像牛犢，他才能走遍祖國名山大川，關懷民眾疾苦，寫出偉大的詩稿。

平心而論，臺灣的青少年教育水準，不僅比大陸高，也比東南亞國家高，甚至有些學科超過日本，這是值得我們自豪的地方。但是，臺灣青少年戴近視眼鏡，也是亞洲首位。這是值得警惕的事。

若是將來有一天，臺灣文化大放光芒，每一個人走在街上，彎腰駝背，戴九百度近視眼鏡，鏡片如同黑松汽水瓶底。四體不勤，五穀不分。清早起來先去街頭吃豆汁、燒餅，午餐晚餐不是牛肉麵，就是川菜館。出門坐車，走兩步喘氣。公寓三樓以上無人問津。每個人連談戀愛也改用手勢，懶得說話。若到了這一日，咱們可得抱頭大哭了！

罪孽亂彈

但丁《神曲・煉獄》中，列出人類七種罪孽，按照順序是驕、嗔、妒、淫、饞、吝、懶。這是基督教文化影響下中世紀的歐洲人民道德規範。也許文化背景不同，時代也發生顯著變化，這七種罪孽在當前我們的身上，或多或少都有，若是絲毫無有的話，那是白癡或植物人。同時，但丁列出的這七種罪孽，有的我還認爲它是美德。

先說驕，作爲一個中國人，文化歷史悠久，人口眾多，走到世界每一個角落，都會遇到炎黃子孫，這不值得驕傲麼？非律賓作家羅細士先生向我講過一個笑話：二十年前，阿姆斯壯登陸月球之後，竟然發現有個村莊，都講中國話，他嚇了一跳。那些人驚訝地問：「你怎麼上來的？」阿姆斯壯說坐太空船而來，便問：「你們怎麼來的？」那個啃窩頭的村長大爺說：「俺中國人多，一個摞一個，就這樣疊羅漢登陸月球的。」聽啊，難道作一個中國人不感到驕傲？這種民族自尊心的驕傲，還算罪孽？

再說嗔，嗔者動怒也。有一次攜妻兒去高雄看《精武門》影片。舊時代上海日租界公園河口，「特寫」，是一塊寫著「支那人和狗不准入內」的木牌。李小龍瞪起兩隻杏仁般的眼珠，飛起一腳，將木牌踢成千萬粒破碎的木屑，揚起半空，「定格」。這時四週觀眾怒髮衝冠，掌聲四起。七歲的晶兒氣得想哭，渾身顫抖，不停地咕嚕著：「日本欺侮我們，長大了……我要學李小龍……」若是看到這段影片，依然面帶微笑，無動於衷，那才是眞正的罪孽哪！

所謂妒，妒忌也。荀子〈大略篇〉有言：「士有妒友，則賢交不親；君有妒臣，則賢人不至。」荀子的話才是做人處事的座右銘。

人們產生妒忌心理，大半由於自卑感作祟。別人出門有汽車，我卻擠公車，受盡窩囊氣；別人走後門，登龍有術，而自己熬到滿鬢霜白，依然是一名科員；別人留學新大陸，回國受到重用，我卻中學肄業，縱有天大的學問本領，八輩子也難以翻身……試問我等怎不妒忌？這種妒，稱得上罪孽麼？

天上星多月不亮，地上人多路不平。如果我們悟出這個客觀存在的現實問題，則不會產生妒忌心理。但是人間的摩西畢竟太少，而芸芸眾生卻免不了具有妒忌心理。曹雪芹創造的林黛玉，心眼兒小，妒忌心強，無法和別人進行鬥爭，卻成爲廣大讀者喜愛的小說人物。若是按照中世紀歐洲人的評價標準，妒忌是「罪孽的性格」，那《紅樓夢》早已被人扔進字紙簍了。

至於淫，此處是指不正當的性關係。我國是農業文化大國，對於淫的觀點看得嚴格，有「萬惡淫爲首」之說。但是必須指出，統治者妻妾成群，這能不是淫亂？秦始皇後宮美女多達萬人；王莽將近七十高齡，一次就娶了一百十九名妃嬪；東漢桓帝時，後宮有五六千美女；三國時代的吳後主孫皓，吳國一百個姑娘之中就有一個是孫皓的妻子。洪邁《容齋隨筆》中說唐玄宗的後宮四萬美女。明朝末年宦官人數多達十萬，這些被割去生殖器的有十萬男子，那麼後宮的美女恐怕不止三十萬吧？

平心而論，有些婦女爲了養家餬口，替老父、丈夫買藥求醫而出賣肉體，這能算罪孽麼？

但丁指的第五種罪孽——饞，更是荒謬可笑。饞者，貪吃、嘴饞也。蘇東坡詩：「吳兒膾縷薄欲飛，未去先說饞涎垂。」貪吃是人的本能，嘴饞乃是胃口好，消化系統沒毛病，這怎麼算罪孽呢？

蕭軍在哈爾濱寫過一篇雜文，一個衣衫破爛的中國小孩，躲在一座鐵柵門外，眼饞那坐在陽臺上的蘇聯小孩吃西點麵包。蘇聯小孩驕傲地朝門外罵：「滾，乞丐！」中國小孩摸起一塊石子扔了過去，回罵了一句：「媽的！」

中國小孩饞嘴，看人家吃東西，也不算羞恥的事，更非罪孽，而是中國太窮，讓咱們的下一代受苦。青年時期初讀蕭軍這篇雜文，我不禁熱淚盈眶，悲憤至極。外國小孩在中國領土上，叫中國小孩滾出去，這是什麼道理？但是，中國人是不可侮的，扔過石子罵「媽的！」——讓人揚眉吐氣啊！

至於吝，更稱不上罪孽。吝，貪鄙、吝嗇也。《論語・泰伯》上說：「如有周公之才之美，使驕且吝，其餘不足觀也已。」十七世紀法國劇作家莫里哀的著名喜劇《慳吝人》，描寫一個視財如命放高利貸的富商阿巴公，既強迫女兒嫁給一個不要陪嫁的老頭兒，又和兒子爭娶一個年輕的窮女孩，結果他們在僕人賴福來斯的幫助下，使阿巴公醜態百出，完全失敗。

吝嗇的人，大抵少年時過著貧苦生活，如今稍微富裕，遂省吃儉用，對人稍顯小氣。少年時，同學群中也有小氣吝嗇的人，他的東西絕不外借，捐款更是一毛不拔，我們常以「小氣鬼，喝涼水」攻擊之；我在海軍某艦服役時，有一水兵綽號「猶太國王」。他帶女友去游泳，女友游得既渴且餓，頭暈眼花，「國王」捨不得給她買一碗陽春麵，卻到女友的家中，燒開水沖方便麵吃。女孩母親大怒，把「國王」趕出家門。上蒼作證，這絕不是編的笑話。

最後是懶，這只是一種壞習慣，有時實在令人厭惡。

有一個老鄉，娶了一個非常懶的老婆。有一次他出差，爲了怕女人挨餓，特地買了一個十斤重的大餅，套在她頸子上，而且臨走囑咐她：「前面吃完，麻煩你用手轉動一下，再吃後面的。」一週以後，老鄉趕回家來，卻見老婆早已魂歸離恨天。她面前的餅均已吃光，但後面卻絲毫未動。她寧肯餓死，也懶得用手轉動一下大餅。

像這位懶女人，天下畢竟太少，但是懶男人確有過剩現象。星兒服兵役時，睡在他身旁的一個少爺兵，懶得要命。他從來不洗襪子，早晨穿上，晚上洗澡就扔進垃圾筒。兩年兵役退伍，這個懶蛋消耗了七百三十雙黑色尼龍襪，你說多麼浪費！這眞是一個混帳東西！

我母親是一位非常勤勞的婦女，她的命運不濟，卻生了四個好吃懶做的男孩兒。即使她病得多麼厲害，也得支撐身子起來做飯。輪到洗碗，「大懶（就是本席）指使小懶，小懶不動彈。」想起老人家只活了三十六歲，我是罪孽深重啊！

開卷的啓示

看文藝作品，不僅能夠汲取作家的知識與經驗，同時可以認識了廣濶的世界。這是讀書帶來的最大的趣味。因爲每一個人的生活環境，所見所聞皆有其局限性，如果涉獵文藝作品，才能隨同作者走遍每一個時代或地區，去欣賞不同的人民的生活狀況，以及他們的歡樂與哀愁。

記得我初習文藝寫作時，朋友便勸促我的看書範圍，不應該只是《紅樓夢》、《水滸傳》或是巴金、張恨水、沈從文等作品；他教導我應該多看些西方國家的文藝作品，這樣才能擷取更多更廣的知識與經驗。我覺得一個人的看書應如同吸收營養一樣，如果每餐只是兩碗米飯、一碟鹹菜、一碗白菜湯，固然能夠苟延生命，但日久天長，這個人的健康將會發生問題。懂得營養的人，應該不偏食，多方面攝取維生素，以增進體質的健壯成長，一個聰明的讀者，應該有計劃的廣泛涉獵中西方的優秀文藝作品，這樣才眞正豐富他的文藝生活，有助於他的文藝創作。

由於海峽兩岸隔絕了四十年，對於中國大陸的文藝作品，我們是非常陌生的。近幾年來，政府放寬了文藝作品的限制，讓我們能夠從文藝作品中看到大陸同胞的眞實生活，聽到了他們埋藏在心底的願望，這是一件可喜的事。同時，它也平添了我們無限沈重的感情。別林斯基說過：「詩人用形象思索，他不證明眞理，卻顯示眞理。」尤其是看小說，我們更能夠從字裡行間，感觸到作者所想抒發的思想與感情。我聯想起十九世紀時，俄國的尼古拉二世看了屠格涅甫的《獵人日記》，內心震撼不已。他提起了筆，給這位從未謀面的地主出身的傑出小說家寫信：「朕讀了你的《獵人日記》，覺得異常不安。俄國的農奴制度如果不立卽解除，朕是不能平安生活的。」文藝的力量，豈是一般人所能料想到的麼？

我的故鄉在黃河下游的一片荒涼的山區，那兒距梁山水泊有一百多華里。宋朝時代，以宋江爲首的一群山東、河北、河南的綠林英雄，便是在那窮山惡水的環境過起打家劫舍的生活。少年時讀《水滸傳》，感到驚奇刺激，也覺得沈痛悲涼，爲什麼這些強盜都是我的前輩鄉親？爲什麼作者不把梁山設在草長鶯飛的江南，或是一馬平川的關東草原，卻安置在離我家不遠的梁山呢？我的歷史知識淺薄，經濟科學更是一竅不通，也實在不解官逼民反的政治問題。後來，我從一部書上發現日本著名作家森鷗外在一八九七年批評《水滸傳》說：

> 中國為什麼總有疫癘、凶歉、氾濫，相繼而至？中國的官吏為什麼不能防遏它？中國為什麼總有匪徒橫行？中國的官兵為什麼不能蕩平它？這是宋時已有的問題，而今也還不能夠解釋。我每談到《水滸傳》，便未嘗不想到它。

如果施耐庵不寫出《水滸傳》，我們怎會深刻而細緻地理解到宋朝的政治、經濟與農村問題？這是文學的巨大力量。可惜歷代的統治階層咒詛這部書，甚至清末的胡林翼在給一個友人的信札中還說出「一部水滸，教壞天下強有力而思不逞之民」的話。這種淺薄而片面之詞，也許在目前還依舊存在著。

目前大陸上的文藝作品，比十年前有著顯著的變化，這是可喜的現象。過去，大陸的文藝作品在政治束縛下，形成公式化、概念化和雷同化的地步，因而文壇形成了萬馬齊瘖的局面。近幾年的新詩、散文、小說或戲劇，在形式與內容上發生巨大的變化，但並非一切都變得好，但總的來說是進步的，具有藝術性的。去年，我偶爾讀到張賢亮的《男人的一半是女人》，這部長篇小說描寫一對下放西北農村的青年男女，在愁雲苦雨的政治壓抑下，發生了愛情。當他們臨分手的那天夜間，女的赤裸的躺在床上，噙著眼淚，央求男的說：「為了臨別紀念，今天夜裡讓你玩個痛快吧。」這原是一句低俗的黃色的話，可是我看到此處，禁不住熱淚盈眶，丟下了書，我終於嗚咽成聲了！

面對浩瀚的臺灣海峽，我想起了古人的話，「泰山不讓土壤，故能成其大；河海不擇細流，故能就其深」；我想即使我們再受到民主的陣痛，這也是值得的，因為民主的道路對於中國文藝前途畢竟是有利啊！

看海峽兩岸文學交流

近十年來，臺灣文學界對海峽對岸的文學研究，雖然比不上大陸文學工作者研究臺灣文學的隊伍壯觀，但總的來說，也有一定的成績，這是無可諱言的事實。

首先，我們必須認定一個關鍵性的問題：研究大陸文學和研究外國文學，特別是西方國家文學截然不同，因爲大陸上的作家是炎黃子孫，二是大陸上的文學有著「文學爲政治服務」的目的，設若不客觀地認淸此一課題，那麼研究大陸文學將會發生瞎子摸象的後果。

文學是現實社會的具體反映。文學除了供給讀者審美外，還有教育、宣傳等作用，這卽是「政治作用」。若是不正確地理解文學與政治的關係，盲目地反對文藝爲政治服務，那將會扭曲了文學評論的客觀標準。劉彥和的《文心雕龍・原道篇》上說：「道沿聖以垂文，聖因文而明道」，我國傑出的小說《紅樓夢》、《水滸傳》、《儒林外史》都表現出不同的政治理想，但是由於它藝術性強，而且眞實、生動、感人，所以它被千萬讀者所喜愛。若是一部藝術性低的小說，即使完全脫離政治，也顯現不出它的「高貴」或「價值」。

我是小說作者，讀過大陸長篇小說如《暴風驟雨》、《青春之歌》、《林海雪原》、《香飄四季》，雖然它的政治性濃，但我卻堅持它是出色的藝術力作；相反地，「文革」時期浩然的《艷陽天》、《金光大道》，這些長達二、三百萬字的長篇鉅製，我確實像嚼著隔夜的涼粽子一般，噙著氣憤而同情的淚水，勉強把它看完的。我聯想起高爾基在〈論文學及其他〉一文中，說過：

> 文學家以為文學是他的私事。聰明的淺學之徒和傻瓜有時也幫助這樣想。……文學從來不是司湯達爾或列夫・托爾斯泰個人的事業，它永遠是時代、國家與社會的事業。

我覺得這段話是非常深刻的。

近十年來，臺灣的報紙副刊、文學雜誌刊載不少大陸作家的小說、新詩、散文和報告文學作品。大半多是所謂傷痕文學、抗議文學、覺醒文學等。平心而論，凡是介紹過來的文學作品，並不一定就是大陸第一流的作品。有的是編者能夠取來的資料，就把它發表；有的憑著編者的喜愛，便挑選出來刊登。這好像臺灣目前流行的大眾化自助餐館，顧客走進去，只有選那有限的幾樣菜，那皆是廚房大師傅給你配好的，你只得迎合他的喜愛口味進食。僅以近十年大陸竄紅的小說家莫言的「紅高粱」系列小說而言，由於文字比較新穎，對農村少年性心理描寫得比較朦朧而誘惑，再加上錄影帶的進口，大眾媒體的大力介紹，造成轟動。其實莫言的小說，不僅有悖中國倫理文化，侮辱中國婦女，把四〇年代的山東農民寫成歐洲中世紀的奴隸。即使莫言的技巧多麼詭異，像魔術般引人入勝，但仍然是「七寶樓臺，眩人眼目，拆開了不成片段」新形式主義弊端。因此，只追求形式，不注重內容，文學作品是奶油蛋糕，新的浮華。他的《紅高粱》以抗日戰爭中的中國人作背景，但它呈現出的卻是民間神話，讓我這個土生土長的山東人感到訝異、茫漠不解、莫名其妙。

通過長達四十年的海峽兩岸的隔離，雙方既無法通信，更難以閱讀對岸的文學作品，因此我們對大陸的難以理解，同樣的大陸也對臺灣文學作家、作品具有隔靴搔癢的觀點。去年四川出版的《臺灣新文學辭典》〈編寫說明〉中寫道：「經常遇到資料嚴重缺乏的困難，爲難以見到原書原刊，或無法核實某些史料而苦惱和困惑。」這是十分中肯而實在的話。基於此一理由，當前大陸上出版的超過一千萬字有關研究臺灣的文學作家、作品的論文、選集或辭典，雖然用於一時，恐怕終會被眞理的浪潮沖垮而淹沒的，因爲海峽兩岸的文化交流，將如同春潮一般推波逐瀾，文學資訊也會隨著時代的浪花湧向兩岸。我們預期中國的文學將在九〇年代開放燦爛的花朵。

儘管從統計數字上顯示大陸從事臺灣文學的人數超過五百人，對於這個數字，我仍有點疑問；即使此一數目是通過調查研究而得來的，以目前擁有十一億人口的大陸，和僅有二千萬同胞的臺灣相比，我們的文化藝術界朋友研究大陸文學的數目比例，絕不亞於大陸，這將是無容懷疑的事實。

生活在臺灣的文學評論家，由於安定繁榮，文藝趨向商品化影響，他們對於研究的成果、發表與出版意願不高。有不少默默從事大陸文學研究的朋友，可能外界還很陌生，這是事實。近十年來，由於大陸文學書刊能夠進口，湧現出不少優秀的大陸文學研究者、評論家，陳信元就是其中的一位。他說這十年來的大陸文學研究，多少靠著海外華人作家、漢學家「撐持場面」。這段話讓人聽了感到難過，而且遺憾。客觀地說，臺灣研究大陸文學專家，何止一二十人？過去三十年間，不少研究中國大陸文學、三〇年代文學的海外學者前來臺北取經，不久這些取經的人則成爲世界著名的「中國通」。相反地，住在臺灣的大陸文學研究者，卻躲在原始森林般的高樓大廈的一角，過著顏回一樣勤勤懇懇、沒沒無聞的文士生活。這是現實環境所造成的既不公平又不合理的事實。

文學的興旺發達，是國家的最大榮耀。當前海峽兩岸的文學，都同樣受到商品化的無情衝擊，再加上電視媒體的影響，形成了「讀詩的不如寫詩的人多，看小說的不如寫小說的人多」的現象，這是非常嚴重的問題。今年七月下旬，大陸報刊發表一篇文章，有些書商爲了爭取銷路，把《紅樓夢》改名《女兒國祕聞》、《水滸傳》改爲《孫二娘和她的一百多個男人》、《三國演義》改名《鐵哥兒們》、《西遊記》改成《神妖大廝殺》。優美眞摯的偉大文學作品淪落此一地步，這是文學工作者引爲警惕的事。

不唱山歌月不明

我國是一個詩的民族。讀民間歌曲，眞是取之不盡的詩歌的泉源。「山曲兒本是沒梁子斗，多會兒想唱多會兒有。」從事文學創作的朋友，應該讀一些詩，讀一些民間歌曲，這對於瞭解我國人民生活有很大的益處。

歌德曾說：「誰不傾聽詩人的聲音，誰就只是野蠻人，不管他是個什麼人。」最近我讀過流行於大青山脈的「爬山歌」，看到漢蒙民族農牧民的愛情生活，大開眼界，感觸良多。在電影或電視劇中，我常見男女親吻鏡頭，由於情感過程不夠，看起來滑稽可笑。不少人認爲我國民族比較保守、含蓄。甚至有人認定擁吻是西洋風俗。其實接吻在內蒙古一帶如同羊兒喝水，是司空見慣的事。

山羊綿羊喝水嘞，
我和妹妹親嘴嘞！

黑靛靛頭髮白齒齒牙，
紅連豆小嘴嘴親死哥哥呀！

窗臺根底栽小葱，
親了妹妹一口還要親。

生活在農牧業地區的姑娘，生活儉樸，感情純眞，她們對於戀愛是執著的、專心的，只要對方小伙子中了她的心意，卽使忍受多少折磨痛苦，也心甘情願。看看他們的愛情生活，是多麼令人著迷啊！

天上的北斗整七顆，

哪一天不等哥哥半夜多？

前半夜等你梳了一下頭，
後半夜等你熬了一燈油。

目前的流行歌曲，有關相思的內容，不是肉麻兮兮，就是聽了想笑。究其原因，感情不純眞的緣故。「爬山歌」中很多女孩想念情郎的，但聽起來令人動情，神往。

拿起笤帚掃不成氈，
想起哥哥渾身身軟。

想哥哥想得見不上面，
大洋針紉不上細洋線。

想哥哥想得胳膊腕腕酸，
炕塄上吃飯打爛個碗。

想你想你真想你，
繡花衲成襪底底。

想哥哥想成個糊塗蛋，
翻身抱住漿米罐❶。

想哥哥想得迷了神，
燒火尋不見灶火門。

❶漿米罐，是指漚酸米的罐子，常放在炕頭上。

當這位姑娘的心上人終有一日轉來，兩人重聚在一起，姑娘的言語又是何等纏綿動人！

盼星星，盼月亮，
今兒個才把你盼上。
新挆的爐子燒青柴，
什麼風颳得哥哥來？
藍襖藍褲好藍呀，
咱二人見面好難呀！
紙糊燈籠四面明，
你不心疼妹妹誰心疼？

你看妹妹黃黃兒瘦成個甚？
水甕沿上跑馬❷強撈住個命！

大青山高，烏拉山低，
站在跟前還想你。

我想哥哥真想嘞，
哥哥想我摻假嘞！

農牧民家的姑娘對於愛情，一絲不苟，絕對眞誠；但是當她們發現情郎琵琶別抱，另結新歡，她們立刻以最恨的心情咒罵負心漢，絕不留情。

❷水甕沿上跑馬，形容危險至極。

黑老哇落在牛馬棚，
有了親親愛別人。

你有了別人忘了妹妹恩，
四十天血汗病打倒你的身！

你在妹妹名下忘了本，
槍打龍抓五雷轟！

年輕輕倒把良心喪，
終究也落不下個正病亡！

這些生活在陰山山脈的草原女孩，她們喜愛的小伙子，身強力壯，年輕英俊，她們對於有田地、有牛馬的老傢伙毫無興趣。從這些「爬山歌」裡，可以看出她們如冰雪般的聰明，有金子一樣的心。

騎上騾子馬跑啦，
俺們年輕他老啦！

蕎麥開花白又白，
嫩豆芽配了一苗老白菜。

穿不愁，吃不愁，
沒尋上好男人愁白頭。

為人尋上個好女婿，

前半夜秧歌後半夜錢。

草原上的兒女，爽朗明快。若是她不幸嫁給一個沒有愛情的丈夫，她不會忍氣吞聲，逆來順受，她會想盡辦法脫離苦海，重新創造新生活。下面選錄的幾首「爬山歌」，充分證明內蒙草原的姑娘，愛憎分明，絕不妥協。

羊尾巴辮子瓢葫蘆頭，
看見老小子就發了愁。

我媽媽生我生金子，
咋配他家龜孫子？

寧和閻王爭高低，

不和他灰小子❸配夫妻。
盼得老小子他死了，
黃塵不掃我走了。

牛頭不爛添上炭，
割了脖子要嫁漢！

燒上火，串門子，
拿心不和他過日子。

❸灰小子，就是壞小子，壞男人。

先咒公婆後咒漢，
臨走把他家的鍋搗爛。

作爲詩的民族的中國，海峽兩岸對於民歌的發掘整理工作，仍待努力。記得當六〇年代初，蘇聯派了一個民間文學調查組，到雲南採錄流傳民間的阿詩瑪史詩，先後達四年之久，這種研究精神值得學習。「爬山歌」是內蒙古人民的口頭詩歌。民間文學家韓燕如先生從五〇年代起，便在大青山、土默川、河套、伊克昭盟的農業區及半農半牧區，訪問了不少民間詩人和歌手，包括放羊的、打更的、趕車撐船的、拉駱駝的、童養媳、寡婦、光棍漢等。這些農牧民有歡樂，也有牢騷，但是他們的心境卻如同草原一樣遼闊，每一個人都是樂觀主義者。

爲何「爬山歌」的詩句純眞、質樸，毫不矯揉造作呢？因爲生活在草原上的兒女，心地純潔，沒受到城市文明的污染。

「爬山歌」的形式和陝北的「信天游」相近，基本上是兩行一段體。例如：

拉住哥哥親了個嘴，
肚裡的冰疙瘩化成水。

兩者不同的，「爬山歌」聽來粗獷、高亢；「信天游」曲調比較委婉而明朗。這兩種民歌皆以質樸勝人。

臺灣的民間文學是最薄弱的一環。從事文學工作的學院派，他們只在舊紙堆中找材料，卻不肯虛心到基層去采風。不久以前，我在《民間文學》發現一首口傳的說唱詩〈百鳥朝鳳〉，這是流傳於黃河兩岸的說唱詩。詩中列舉出在黃河兩岸飛翔的鳥，小鸚哥、老鴟梟、老鷹、小痲鷀、畫眉鳥、雲雀、魚鷹、黃雀、鵬鳥、葦喳鳥、痲子溜、鴿鶉鳥、白鷗鳥、大雁、雷椎、布穀鳥、紅靛客、花和尚、朱鷄、小毛雀、百靈鳥、啄木鳥、鷺鷥、鸚鵡、藍螞蚱、斑鳩、老鸛、鶉鴣、水鴨、赤背喳、火葫蘆、兎虎鷹、孔雀、白雀燕……說唱詩〈百鳥朝鳳〉中的鳥名，我想不少文學教授、作家感到陌生，甚至字典上都查不到，但是農民卻背得滾瓜爛熟，這怎不證明民間文學的優越性呢？

朗誦給詩插上翅膀

詩人雪萊說過：「我願做預言的喇叭，將沈睡的世人喚醒。」詩人柯仲平就是一支喇叭，他那高亢的雲南味的鄉音，在黃土高原盪漾。他把詩寫成之後，拄著根打狗棍叼著個旱烟斗，走到人群中去朗誦他的詩稿。直到群眾點頭，他才修正發表。柯仲平是陝北爲朗誦詩放頭一炮的詩人。

柯仲平的旱烟斗是作家劉白羽送他的。走到哪兒，帶到哪兒，日久天長，竟也捏出了黑紅色的油光。柯仲平和農民拉家常，烟斗不停地傳來傳去，有時傳到他手上，烟斗嘴上還吊著一條口水，他擦也不擦放進嘴裡，以免農民說他嫌髒。他和農民建立了血濃於水的感情，怎不會寫出農民喜聞樂見的詩稿？

抗戰開始那年，柯仲平三十六歲，正是風華正茂年紀。他爲了和農民接近，留了長鬍子。爲了搞秦腔改革，演時代新戲，柯仲平聞聽延安師範教員馬健翎是專家，他每天早晨去馬家拜訪，坐在門口吸烟，坐在炕頭說好話，央求劇作家馬健翎參加民眾劇團。馬健翎受了感動，決心和他合作，從此演出如《好男兒》、《查路條》、《拿臺劉》、《一條路》等新秦腔劇目。每到一地演出，農民拿出花生、紅棗和煮熟的鷄蛋，熱情地向演員口袋裡塞。有人開玩笑說：你要找民眾劇團，找柯大鬍子，只要順著丟在路上的蛋殼往前走，保準找得到他。

柯仲平於一九〇二年誕生在雲南省廣南縣，那是擁有苗、壯、傜和漢民族雜居的地方。因此他自幼年起能歌善舞，對於詩歌有執著的愛好，從此走上詩人的道路。

二〇年代，柯仲平在北平法政大學讀書，便常寫詩。寫好了詩念給魯迅聽，因爲他不修邊幅，嗓門高，讓那不懂詩的人，以爲柯仲平在吵架。甚至連魯迅的母親都有些懼怕他。

荆有麟在〈魯迅回憶〉中寫道：

詩人柯仲平第一次訪先生時，帶著大批詩稿，先生因其係初訪的生人，便接待於客廳。略談了一會兒之後，仲平便拿出他的詩稿，向先生朗誦了；聲音大而嘹亮，竟使周老太太——先生的母親大為吃驚，以為又是什麼人吵鬧了，便喊我立刻過去看看，並且還叮嚀著：要是胡鬧的人，讓他走好了，不要大先生同他再吵了。待我看到是在讀詩，才回頭告訴老太太。老太太說：「可是個怪人吧？我聽老媽子說，頭髮都吊在臉上，怕他同大先生打起來，大先生吃他的虧。」

柯仲平不到四十，便已禿頂，留了鬍鬚，炯炯的目光，厚厚的嘴唇，壯實的腰桿，走起路來八字腳好像捲起了風，再加上朗誦起他的詩，聲音洪亮，看起來眞像一個莊稼漢。柯仲平最熱愛民歌、民謠，他曾說：

我寫詩，有許多的先生，而最重要的一個先生是中國民歌。我受中國民歌的影響，比受什麼詩人的影響都要深些。

有一次，廣西壯族一支歌舞團，到北京演出著名歌劇《劉三姐》。劉三姐的傳說，流傳於廣西、廣東、雲南、貴州的苗、傜、布依、仫佬、漢等民族。清朝王士禛、陸次雲等人在其作品曾收錄此民間傳說。五〇年代，通過廣西壯族人民不斷加工、豐富，而成功地整理出這齣歌劇。演出之後，詩人柯仲平滿懷豪情走上舞臺，向演員祝賀。即席朗誦了他的〈看歌劇劉三姐〉：

鳳有凰，歌有窩，
歌的窩裡生老柯；
老柯活到九十七，
愛跟三姐學山歌。

柯仲平是一位熱情洋溢、才氣縱橫的詩人。他看了雲南省花燈劇團的節目，喚起鄉愁，即席吟出一首詩：

拍手拍得手掌破，
歡笑笑得帽子落；
端起滇池倒黃河，
浪花滾滾在心窩。

詩的朗誦，不僅使聽眾產生生活形象，增加美的欣賞，擴展感人的畫面，同時它更有振奮人心的力量。詩朗誦在我國抗日戰爭時期帶入高潮，柯仲平是倡導者之一。但是當時文藝界和一般知識分子持反對意見的，仍然很多。詩人蕭三在一首讚揚柯仲平的詩中，便這樣寫著：

當時有些人評頭足，議論紛紛，
說他大喊大叫，未免粗糙。
殊不知這正是去掉陳詞濫調，

改變古人念詩的搖頭擺腦。

我國也是一個詩的民族，提倡詩朗誦，有助於提升詩的創作高度。我認爲詩要朗誦，散文、小說、劇本也得朗誦。五〇年代初，戲劇家王紹清教授倡導「小說演誦」，曾指導我和劉伯祺創作一套節目，巡迴演出，還受到鼓勵。中國廣播公司早在六〇年代便開創廣播劇，崔小萍、趙之誠、劉非烈、朱白水等人有一定的貢獻。聽說北京有一支朗誦藝術團，以臺灣詩壇的人才濟濟，何不組織一個詩朗誦藝術團呢？

詩朗誦在我國有一千多年的歷史，宋朝蘇東坡就曾提倡過詩朗誦。周密《齊東野語》記載：

> 昔有以詩投東坡者，朗誦之，而請曰：此詩有分數否？坡曰：十分。其人大喜。坡徐曰：三分詩七分讀耳。

柯仲平這位忠心耿耿，爲詩、爲中共宣傳，爲詩朗誦作出不朽貢獻的詩人，最後因所著敍事長詩〈劉志丹〉，牽扯路線鬥爭的政治問題，批成「反黨長詩」。他牢騷滿腹，情緒激昂，一九六四年十二月十日一次會上發言，心血管病突發，那狂奔的熱血沖破腦部脆弱的主動脈，忽地中止演說，靠在一隻椅子上，停止了呼吸……

我不是詩人，更非柯仲平的鄉親故友，走筆至此，卻難掩心頭哀痛。現在，我把苦難的年代聽來的一首民謠，唱給詩人聽；雖我五音不全，但情意眞摯，敬博一粲。

一不埋怨天哪，
二不埋怨地；
只是俺那命不濟，
生長在這亂世裡呀嗨……

諺語與兒歌

諺語、兒歌屬於民間文學範疇，它是從人民群眾之間，良久積累而成的知識與經驗總結。從五四新文化運動以來，不少民間文學工作者作了蒐集、整理工作，成績斐然。據我所知，朱介凡先生窮四十年時間，蒐集各地諺語，貢獻很大。不過，因爲諺語來自民間，有知識局限性，良莠不一。我們必須汲取精華，揚棄糟粕，才能對廣大讀者產生正面影響。

我是山東人，對於魯省諺語比較熟悉。舉幾則落後意識甚至錯誤觀念的諺語，博您一粲：

家有五斗糧，不作孩子王。

因爲過去小學教員、私塾老師的待遇菲薄，整天和一群鼻孔掛著麵條、調皮搗蛋的小孩生活。如果寬容，孩子會騎到你頭上屙屎，若是厲害一點，不是哭鬧，就是護局子的家長找上門跟你纏鬥不休。這句諺語是勸人別當小學教員。其實應該杜絕此種不正確觀念。少年兒童是我國的幼苗，從事小學教育工作，是神聖的、光榮的事業，人類靈魂工程師。

小子早上學，閨女早裹腳。

這一則山東諺語的思想意識錯誤，應該消掉它。小男孩早進學校，對於兒童心理有負面的影響。非常危險。有的小孩早上學，受同學欺侮、產生膽怯、自卑、缺乏信心心理。至於女兒早纏腳已是歷史陋習，像流水一般一去不復返了。

我認爲像這種充滿封建落後意識的諺語，只可以作爲歷史社會現象研究，卻不宜提倡或傳播，否則將發生不良的影響。在我的記憶裡，優美貞摯的諺語，實在值得傳播。山東有一則諺語，思想意識進步而正確，直到今天仍可作爲標語。

一兒一女一枝花，多兒多女多冤家，無兒無女賽仙家。

若是中國大陸在五〇年代把它作節育標語宣傳，今天大陸人口絕不會超過十億，而且經濟面貌也不會一樣。這一則諺語比「早生兒子早得濟」要高明千萬倍。得濟，山東話，得到幸福果實也。試看兒女眾多，爲了爭財產打得頭破血流，何其多也。不少老年人被逐出門外，眾兒女都不管他們，嫌老人骯髒、囉嗦。至於無兒女者建立功勛的，大有人在。浙江紹興學者馬一浮十九歲喪妻，終身不娶，亦無兒女。他曾作詩：「他日青山埋骨後，白雲無盡是兒孫」。胸懷多麼曠達，人生觀何等高潔、瀟灑！

山東諺語有一則是「千山荒地無人耕，耕起來有人爭」，非常具有普遍性。我省方言是「吃現成的」。這種病態心理，不僅山東人有，其他省份的人也有；甚至連菲律賓人也有。去年到棉蘭佬島東部旅行，看到赤地千里，任其荒蕪，問爲何不去拓墾？當地人說：若是投資大量人力、財力開荒，種出莊稼果實，立即有土匪來搶，那不是徒勞無益？看起來治安不靖，人民怎會發展潛力從事勞動生產呢？

吃蘿蔔喝茶，氣得大夫滿街爬。

這一則山東諺語，有科學實驗性，可以試行。我常用它作防止感冒藥方。有時頭疼腦熱、身體不適，泡一杯熱茶，摸一隻青皮蘿蔔，冷熱相攻，腹內產生氣體融合，眞是舒服至極。有病治病，無病健身。既見不到醫師的晚娘面孔，也不會被他敲竹槓。省下的醫藥費，看場電影、吃碗牛肉麵，多好！

福州有一則諺語：「早頭一杯茶，餓死百醫家。」它和山東諺語相近。恕我冒昧向福州朋友進言：「氣得大夫滿街爬」已經不近人情，若再要「餓死」百十個大夫，那豈不也太狠辣了些？

關於兒歌方面，我從小喜歡聽它、唱它。它是活的教材。我小時體質不好，夜晚愛哭，氣得俺娘直流眼淚，心想爲何生了這麼一個壞東西？我也知羞恥，決心改過，可是改了好久，卻不見效。這種毛病既不屬內科、外科或是泌尿科。醫生聽了症候，朝我搖搖頭、笑一笑：「你五歲了咋長得這麼矮？哈哈，沒關係，晚上少喝水，晚睡覺，回去吧。」母親直噘嘴：白花了兩元「掛號費」，夠吃三天的水餃，倒楣。母親決心爲我治病，不知聽了哪位二五眼的建議，將一首兒歌寫在紅紙上，貼於街頭巷尾牆角、電線桿上。

天皇皇，地皇皇。俺家有個夜哭郎。行路君子唸三遍，一覺睡到大天亮。

雖然這首兒歌治癒我的夜晚愛哭症，但它充滿迷信色彩，毫無文學內容，應當及早剷除。相對的，我們要發揚優美眞摯的兒歌，讓它繼續流傳下去。例如我國東北遼寧有一首兒歌：

南山長柳，柳樹長狗。柳樹長狗，哥哥要走。
要走不行，拉著你手。
讓我坐車，打你車夫。讓我坐船，拆你船欄。
讓我騎馬，砍你馬甲。讓我騎驢，剝你驢皮。
大姐大姐我不走，你快放開我的手。
放手，走遠了，大姐大姐大襟濕滿了。

若是將這首兒歌排演成歌劇，它是多麼感人！它以兩人對話方式，寫出一對農村青年情侶分別，難捨難離，質樸動人。而且文學性也極濃重。

吳瀛濤的《臺灣諺語》，收錄下面一首民歌，我常於暇時反覆吟唱，其味無窮。

草蜈公，穿紅裙。要何去？要等船。船何去？船撞破。船片何去？船片燒灰。灰何去？灰賣銀。銀何去？銀娶妻。妻何去？妻生孫。孫何去？孫顧鴨。鴨何去？鴨生卵。卵何去？卵請客。客何去？客去放尿。尿何去？尿渥菜。菜何去？菜開花。花何去？花結籽。籽何去？籽榨油。油何去？油點火。火何去？火被老公仔吹吹熄。老公仔何去？老公仔死在香蕉腳。用甚麼貯？用破猪槽貯。用甚麼蓋？用破米籮蓋。甚麼人拜？老子婿。甚麼人哀？老妯娌。

這是一首文學氣息濃重的悲歌。它的重點放在老公仔身上。畢生流血流汗，爲兒孫謀幸福；最終卻以「破猪槽」作棺，「破米籮」蓋身，爲他送終者，也只是幾個老妯娌、老兒伴而已。這首民歌爲夢想「四代同堂」的封建思想敲起了警鐘。正如同《紅樓夢》中的哲語：

「好一似食盡鳥投林，落了一片白茫茫大地眞乾淨。」

詩與對聯

作爲一個中國人，若是對楹聯不發生興趣，甚至視若無睹，應該引爲慚愧。楹聯是中華文化的象徵和代表，走遍神州大地的名山勝景、園林殿宇、亭臺樓閣、碑塔寺觀、祠廟陵寢和文化遺跡所在，都有楹聯。楹聯，俗稱對聯，是中國文學的獨特形式。有時加上橫額，有時不加橫額，舉例如下：

濟南大明湖內歷下亭的楹聯：

歷下此亭古，

濟南名士多。

石鍾山風清亭的聯額：

海市蜃樓，江上煙波偏媚我；
山明水秀，湖中風月最宜人。
〔橫額〕山湖一覽

我國最早的一副楹聯爲後蜀主孟昶所寫。《宋史・世家二》載：「每歲除，命學士爲詞，題桃符，置寢門左右。末年，學士幸寅遜撰詞，昶以其非工，自命筆題云：新年納餘慶，佳節號長春。」這副對聯並不怎樣高明，因爲孟昶是小皇帝，所以有了名。從此書寫對聯成爲社會的風氣。到了宋代，詩人蘇東坡、陸游、朱熹、文天祥等名流把對聯推廣至山水名勝、寺觀碑塔之間。詩人結合對聯的創作，對於對聯有了極大的發展。字數也多少不一。清朝鍾雲舫的《擬題江津縣臨江城樓聯》竟有一千六百十二個字，此對聯寫得極佳，堪稱長聯傑作。

我國名山大川，不少楹聯的作者不詳，而它的內容皆和山川景致吻合，頗有文學價值。

泰山山頂亭楹聯：

回顧八荒茫，天何其高也；
一覽眾山小，人奚足算哉。

廬山絕頂楹聯：

足下起祥雲，到此者應帶幾分仙氣；
眼下無俗障，坐定後宜生一點禪心。

成都望江樓楹聯：

引袖拂寒星，古意蒼茫，看四壁雲山，青來劍外；
停琴佇涼月，予懷浩渺，送一篙春水，綠到江南。

杭州西湖平湖秋月楹聯：

魚戲平湖穿遠岫；
雁鳴秋月寫長天。

岳麓山雲麓宮聯：

西南雲氣來衡岳；
日夜江聲下洞庭。

另外有一種敍述歷史的楹聯，多半用於廟祠，參觀古蹟之後，讓人緬懷史料，發思古之幽情。

臺南鄭成功祠聯：

由秀才封王，主持半壁舊河山，為天下讀書人頓增顏色；
驅外夷出境，自闢千秋新事業，語中國有志者再鼓雄風。

曲阜孔廟聯：

與國咸休，安富尊榮公府第；
偕天不老，文章道德聖人家。

華佗廟聯：

妙施仁術，歿而失其傳，雖五禽之戲猶存，奈餘卷摧燒，傷心獄吏；
恥附權奸，死亦得其所，彼一世之雄安在，看千秋享祀，稽首醫王。

杭州西湖岳墓聯：

不愛錢，不惜命，乃太平根基，名將名言，貪婪者跽跪；
取東鄒，取縷麻，定斬徇軍律，保民保國，正氣壯河山。

許多楹聯的作者隱姓埋名，更不收稿酬，這種偉大的風範，值得我們學習。

杜鵑及其他

暮春的季節，走在濃鬱的山林道上，驀地聽見遠處樹隙之間傳出杜鵑的啼聲：「光棍奪鋤！」我會應聲而答：「你在哪裡？」不久，又傳出杜鵑的啼叫：「我在山後。」當我沉默不語，繼續趕路時，杜鵑鳥卻不厭其煩地朝我呼喚：「不如歸去！」

杜鵑在我國文學史上是重要的題材。有一句詩，「望帝春心託杜鵑」。望帝原名杜宇，周代末年在蜀稱帝，後歸隱。許多蜀人因懷念他，便把鵑鳥稱爲杜鵑。這是傳說的神話而已。杜鵑的啼聲，皆爲四音，似爲「不如歸去」，這實在吻合了安土重遷的民族習性。不少詩人爲牠寫出催人淚下的詩稿。

不如歸去，不如歸去；千山萬水家鄉路。今年又負故園花，來歲開花定歸否？歸去歸

去須早歸，近日江湖非舊時。（戴昺）

不如歸去，他鄉不可以居住：冬苦寒，夏苦暑，江湖飄泊歲幾度？笑爾征途人，盍歸來乎日欲暮。（宋杰）

不如歸去，省我墳墓，風捲紙錢灰，烏鴉銜上樹。十載不歸來，忘卻門前路。（金若蘭）

明朝方孝孺的〈聞鵑〉，讀後感人至深：「不如歸去，不如歸去。一聲動我愁，二聲傷我慮；三聲思逐白雲飛，四聲夢繞荆花樹。五聲落月照疎櫺，想見當年弄機杼；六聲泣血濺花枝，恐污階前蘭茁紫。七八九聲不忍聞，起坐無言淚如雨。憶昔在家未遠遊，每聽鵑聲無點愁；今日身在金陵上，始信鵑聲能白頭。」

杜鵑的形狀，羽毛並不艷麗，李時珍《本草綱目》上說：「狀如雀鷂而色慘黑，赤口。」大抵因杜鵑赤口，所以不少詩人說牠啼血，這是誤會。羅鄴〈聞杜鵑〉：「蜀魄千年尚怨誰，聲聲啼血向花枝。滿山明月東風夜，正是愁人不寐時。」

在我故鄉魯西鄉民心目中，杜鵑的啼聲既不哀傷，也不悲涼，而且歡暢。放牛小孩常在山野間和杜鵑一問一答，趣味無窮。鄭樵說：「儒生家多不識田野之物，農圃人又不識詩書之旨。」因此杜鵑在質樸的農民心目中，牠啼的並不是「不如歸去」，也許他們並不知道離鄉背井的辛酸滋味吧！

鷓鴣也是一種啼聲似語言的鳥。李時珍《本草綱目》上說：「頭如鶉，臆前有白圓點如眞珠，背毛有紫赤浪文。」這種鳥常在地上，以蚯蚓、昆蟲爲食。鷓鴣的啼聲，似爲「行不得也哥哥」，頗有趣。《本草綱目》上說：「多對啼，今俗謂其鳴曰行不得也哥哥。」因此，歷代詩人爲牠也寫出很多優美的詩稿。

行不得，喚阿兄，向晚夕，猶悲鳴。坦坦之途萬人履，跋鼈不休跬千里，汝行不上可奈何？日暮途遠無蹉跎。（劉學箕，〈行不得也哥哥〉）

行不得也哥哥，未曙登程日已蹉，腹肌足趼可奈何，前山雨暗豺狼多。（任士林，〈禽言〉）

行不得也哥哥，十八灘頭亂石多，東去入閩南去廣，溪流湍駛嶺嵯峨，行不得也哥哥。（丘濬，〈行不得也哥哥〉）

行不得哥哥，行不得哥哥，天下到處皆風波。（袁汝璧，〈禽言〉）

讀了這些詩，令人深覺我國民間男女愛情，何等質樸動人。他們即使吃粗糧淡菜，但願享受團圓樂趣。由此可以看出中華民族熱愛和平，反對流亡、遷徙和戰爭。

在描寫男女愛情上，以鴛鴦最爲受人矚目。古詩云：「南山一樹桂，上有雙鴛鴦；千年長交頸，歡慶不相忘。」鴛鴦的形貌如鴨，李時珍《本草綱目》上說：「大如小鴨，其質杏黃色，有文彩。紅頭，翠鬣，黑翅，黑尾，紅掌。頭有白毛，垂之至尾。」

鴛鴦的傳說由來甚早。《淮安縣志》上載：「成化六年十月間，鹽城大縱湖，漁夫弋一雄鴛，刳割置釜中煮之。其雌者隨棹飛鳴不去，漁夫方啓釜，即投沸湯中死。」這樣看起來，鴛鴦是最具堅貞愛情的鳥，所謂鴛鴦于飛，畢之羅之，早在兩千年前，我國詩人已將鴛鴦作爲寫作的材料了。

我認爲孔子的話是有些道理的，值得推廣。他說：「詩可以興，可以觀，可以群，可以怨，邇之事父，遠之事君，多識乎鳥獸草木之名。」我們當代作家瞭解鳥獸草木的，恐怕比不上鄉間農民瞭解的多。這是值得學習的一門功課，也是不能忽視的一項創作素材。

文憑至上

最近參加一項當代文學研討會，看到幾個所謂學院派學者，搖著花崗石的腦袋，手持堅硬的禿筆，從泛黃的筆記與講義中拼湊而成的「學術論文」，讓我感到撲朔迷離，莫名其妙，我眞懷疑這些喝過洋墨水的書獃子是否患有神經病？

侯寶林有一則著名的相聲，說是當一個人說他自己「喝醉」了時，他一點也沒醉；倒是當那個人喝成一堆爛泥，一直搖頭不承認自己喝醉，那才是眞醉了。四十年來，臺灣有不少的文學工作者，由於長期受到西方文學的影響，他在日常談話中說的是「三明治」話，每隔一二句便夾雜一個英語詞彙；他在寫作論文也最愛引用外國文學家的話；甚至他的風度、表情和動作，也多少帶有西洋人的影子。這宛如魯迅在〈阿Q正傳〉小說中創造的人物：頭戴黑色禮帽，身著洋服，腳穿皮鞋，手中舉著一根「哭喪棒」，他就是被未莊人背地稱呼的

「假洋鬼子」。

何謂「假洋鬼子」？這種「假洋鬼子」學來西方文化皮毛，回到自己故鄉，裝腔作勢，待價而沽，而他頑固不化，若是進不了官場，便在孤傲的校園自我陶醉，從黑夜到天明，從春天到隆冬，最後如同一片枯葉，無聲無息地飄落在寂寞的大學校園裡。這是我們引爲悲哀的事。

距今一百五十年前，滿清的外交代表，彎著腰、駝著背，和碧眼黃髮的英國佬簽訂了「南京條約」，從此中國走向了現代化之路；這是帝國主義用槍砲逼迫中國走向了現代化之路。在長達一個半世紀的歲月中，走現代化的路是曲折的，也是坎坷的，雖然它給我們帶來物質文明，帶來了新的知識文化，但同樣也造成了民族自卑心理，那便是西風壓倒了東風，遠來的和尚會唸經。

四十年來，臺灣的外文系，成了廣大青年追求的目標。認爲外文系畢業，留學的機會比較多。留學回來，身價爲之一變，不僅工商界爭相聘請，甚至政府也優先接納，成爲大時代的寵兒。相反地，中國文學系卻顯得非常落寞，因爲出路受到限制，不少出身文學系的青年，爲了生存，只得去教書或作低層公務員，這是有目共睹的事實。最令人不解的則是外文系出身的作家，在你吹我捧的主觀願望中，民族自卑心理的客觀現況下，他們憑仗著西方的文學新潮，剽竊了一些似通非通、不中不西的詞彙，只要學院派（卽西化派）作家作品出爐，就如同衆星拱月般地捧起角兒來。偏是少數頑固的青年迷信西化，崇拜喝過洋墨水的學者，因此在天時、地利、人和的現實環境中，西化派已形成了一股勢力，看來它們已建立起堅固的文藝陣地，卽使曹雪芹、吳敬梓在世，恐怕也難以出頭了！

清朝末年有一個學院派的著名學者徐桐，此人反對維新變法，崇尚宋儒學說，和當前臺灣一小撮西化學院派是兩極化的對照，都是頑固分子。他只相信世界上除了「大淸國」外，還有俄、日、英、法四國。其他的國都是壞人揑造謊報朝廷的。李伯元在《南京筆記》中評論說：

> 徐之所以信有此四國者，因此四國在中國嘗發大難故也。昔利馬竇入國著《職方外記》，言天下有五大洲，《四庫提要》以其言為誇誕。然紀曉嵐諸人生於閉關鎖港時

代，其識見淺陋，固不足怪。徐桐生於萬國交通之日，且不知萬國形勢何若，宜夫其助拳匪以發大難，而甘受顯戮也。

徐桐犯下這種滑稽的錯誤，基於他過分頑固不化，對於西方知識淺薄；當前臺灣西化學院派的作家、批評家，也是過分頑固不化，只知道艾略特、范樂奚，卻不懂得早在一千多年前，中國便產生了偉大的文學評論家劉彥和，他的那兩句「酌奇而不失其眞，翫華而不墜其實」的話，原是概括屈原詩歌的風格，但直到現今依舊成爲中國文學中幻想與眞實結合的理論。

徐桐生長在閉關鎖港的清朝末年，他沒有學過地理，不知道世界五大洲的分布情勢，只懂得和大清國扯過皮、作過戰的俄、日、英、法四國，這是可以原諒的事；但是作爲當代中國的高級知識分子，若只在所謂比較文學的西方模式中打轉，只用西方文學評論的立場，來生吞活剝地批評中國人寫的文學作品，卻對中國的傳統批評家的經典之作一竅不通，甚至抱持輕視態度，我認爲這是十分悲哀的事。

過去我深受《儒林外史》的影響，對於我國科舉制度，深惡痛絕。年事日長，對於科舉制度的觀感逐漸淡漠，有時拿當前的升學考試相比，我反而對科舉制度湧出思古幽情。就以徐桐來說，他是清道光年間進士，作過禮部、吏部尚書，清光緒二十二年爲體仁閣大學士。徐桐思想頑固保守，堅決反對維新變法。距今九十年前，當一群碧眼黃髮的八國聯軍侵佔北京，這位憂國憂民的學者竟然自縊身亡，結束了他八十年的哀樂人生。我反過來一想，當前的一些通過考試、留學而被拔擢爲政府高級官員、民意代表的學人，有多少像徐桐這般具有高風亮節的人格？我除了沈默以外，夫復何言？

當前的用人之道，在於文憑。由於臺灣的教育發達，在大學生滿街跑的現況下，只有海外留學歸來的碩士、博士，才會受到社會重視。這種「只認文憑不認人」的風氣，怎不誘使千萬青少年挖盡心思，努力進窄門？繼而向海外求學，換取一紙證書，回來升官發財、光耀門庭？這和《儒林外史》中的愚昧現象有何不同？

曾國藩是近代史上偉大的人才。他的用人哲學，並不在乎對方的文憑，而是在於「量才錄用」。薛福成《庸庵文集》中，曾記載曾國藩的用人軼事：

> 曾國藩知人之鑑，超軼古今：或邂逅於風塵之中，一見以為偉器；或物色於形跡之表，確然許為異才。平日持議，常謂天下至大，事變至殷，絕非一手一足之所能維持，故其振拔幽滯，宏揚人才，尤屬不遺餘力。……胡林翼以臬司統兵，隸曾國藩部下，即奏稱其才勝己十倍。……其在籍辦團之始，若塔齊布、羅澤南、李續賓、李續宜、王鑫、楊岳斌、彭玉麟，或聘自諸生，或拔自隴畝，或招自營伍，均以至誠相與，俾獲各盡所長。……曾國藩又謂人才以培養而出，器識以磨練而成。故其取人，凡於兵事餉事吏事文事有一長者，無不優加獎借，量才錄用。將吏來謁，無不立時接見，殷勤訓誨。或有難辦之事，難言之隱，鮮不博訪周諮，代為籌劃。別後馳書告誡，有師弟督課之風，有父兄期望之意，非常之士與自好之徒，皆樂為之用。

曾國藩這種「至誠相與，量才錄用」的用人哲學，直到一世紀後的今天，也值得海峽兩岸的中國政治人物學習。

大抵有能力者，或是飽學之士，並不見得有顯赫學歷。僅靠一紙文憑去做官、教書，常會誤國誤民。文革時期，有人嘲笑前《人民日報》總編輯魯瑛，編了四句打油詩。詩曰：「地球活動難捉摸，天翻地覆古來多，若問『七大』開何處？延安跑到西柏坡。」若是一個專業水平不高的人當總編輯，只不過影響了一份報紙；若是一個假洋鬼子做了文學教授，最多不過貽害數千個青年；但是假若社會上才俊之士，像土撥鼠似的躲在陰暗的一角，自生自滅，而那些靠著顯赫學歷，肚子裡裝滿屎蛋的冒牌貨，青雲直上，先烈先賢地下有靈，他們會嚎啕痛哭的！

玩文學

自從八〇年代初實施改革開放以來，中國大陸的文學家和藝術家卻面臨「腦體倒掛」的精神威脅，內心產生苦悶與不滿，但卻也無法改變這種現實問題，因此文學家藝術家普遍消沈，這是過去四十年來罕有的精神現象。

「中央歌劇院」一位著名青年演員，曾兩度獲得芬蘭國際聲樂比賽冠軍，月薪只有人民幣七十元；但是一位不認識五線譜的歌星，卻月入萬元。這顯著的待遇差別，使中國大陸文學藝術家產生困惑心情，到底優美眞摯的藝術品質有何價值？不少作家、藝術家的精神萎靡，便由此而來。

八〇年代末期，北京一些青年作家，爲了賺鈔票，公開提倡所謂「玩文學」。他們寫的小說充滿暴力、色情、無賴、消費人生。正如一位作家說過「中國之大患，原在物質的落後，但尤其是使我國命斲喪的，卻正是一班精神貧乏、只知一己快樂而專謀私利的行屍走肉。而今天的有些人們，正在做著使行屍走肉多起來的工作……。」商品化的浪潮淹沒了大陸文藝界，當時它的嚴重情況，已經超過臺灣和香港，這是有目共睹的事實。

客觀地說：作家、藝術家若想賺錢，「下海」做生意賺錢是一條正路；但是爲了賺錢，故意在小說或電影中摻進邪門歪道的思想意識，而且公開打起「玩文學」的旗幟，那就未免太張狂了些。最令人驚訝的「文化部長」公然爲「玩文學」辯護、撐腰，使大陸文藝的混亂進入顛峰狀態。

不少大陸作家棄文從商，爲的是適應改革開放的社會潮流。湖南有兩位小說家，最早放下筆桿子，到海南島去淘金。上海擁有數以百計的舞廳、音樂茶座、餐廳、書畫社、藝術培訓班、招待所等，不少作家、演員、學者轉業從商，這些作家、演員、學者離開了舞臺、教室和創作崗位，去做生意，固然也是爲社會人群服務，但是相反的文化界失去了他們，豈不也是一大損失？

我國是文化大國，詩的民族。眼前大陸出版界爲了推銷書，哄騙讀者，將著名的古典文學作品改了書名：《三國演義》改成《鐵哥兒們》，《水滸傳》改爲《孫二娘和她的一百多個男人》，《西遊記》改成《神妖大廝殺》，《紅樓夢》改成了《女兒國祕聞》。想一想，是哭呢還是笑？

當前中國大陸的「腦體倒掛」現象，使不少作家、藝術家脫離工作崗位，去爲賺錢而經商，爲賺錢而貶低藝術品質。文學家、藝術家的職責不是經商，是創作。這是社會分工。記得小時候唱過一首歌：「你種田，我織布，他蓋房子給人住。哈哈哈哈……。」若是工人、農民、小說家、教師脫產，統統跑到城市做生意、搞個體戶，這個社會豈不亂了套？

千里馬

歌德有言：「老人永遠是個李爾王。」那意思是說老年人思想僵化，腦筋糊塗，對於是非美醜的判斷不正確。歌德這種以偏概全的說法，非常謬誤。我覺得青年人、中年人是李爾王的更多，這是通過親身經驗獲取的結論。

老人的人生閱歷豐富，知識廣博，對任何問題看得比較具有全面性。我在日常生活中遇到難題，想去請教方家時，老伴總提醒我說：「你去問問×老，他一定知道。」而她絕對不會說：「你去問問那個×國博士候選人，青年才俊崔台卿，他什麼都懂。」

所謂思想僵化，乃是長久時間不讀書、不看報，不關心民間疾苦，永遠像蜘蛛一樣囚禁在蛛網中，靜候倒楣的蟲子自投羅網，它再從俘虜口中得知外界的片段情況。試問他聽到的怎是眞實的情況？日復一日，年復一年，李爾王怎麼不糊塗？

老作家陳紀瀅先生有一次對我說：「新官僚比老官僚更可惡、可恨！」起初我茫然不解，經過多年思索，我才悟出其中道理：因爲老官僚還有傳統的人情味和應有的禮數，而新官僚卻是翻臉像翻書一樣，毫無禮貌。

黃永玉的〈跛伯樂〉描寫伯樂跛行，途遇朋友，對方問他爲啥跛腳？伯樂說：「相一良馬。」問曰：「良馬豈不佳乎？」答曰：「佳固佳，一牽上臺階，卽狠狠給老子幾腳。」

這種過河拆橋的「千里馬」，對中華文化是一個諷刺！

「風雨茅廬」今猶在

目前臺灣生活富裕，外匯存底世界最多，而大陸改革開放以來，不少作家改行經商，一切向錢看，看來中國當代文學前途不抱樂觀，這不是洩氣話，這是實事求是的話。

回顧三〇年代的作家，如郁達夫，不僅文學素養高，而且一直過著艱苦的生活。他手書的一副對聯，迄今仍掛在浙江郁家老宅客廳內：

絶交流俗因耽懶
出責文章為買書

郁達夫是我國偉大的現代作家，研究他的散文、小說和身世歷史者汗牛充棟，我卻從未發現一部有系統的傳記，這是當前海峽兩岸現代文學評論家應注意的大事。依我的淺見，若爲郁達夫寫傳記，應該邀請郁風、王映霞參加，再彙集海內外的專家學者，共同創作。否則那會掛一漏萬的。

從郁達夫的日記，隨時可翻出他爲生活忙於寫作的痛苦情況。如一九三五年九月一日：「統計本月內不得不寫之稿，有《文學》一篇，《譯文》一篇，《現代》一篇，《時事新報》一篇，共五家，要有十萬字才應付得了，而《宇宙風》、《論語》等的投稿還不算在內。平均每日若能寫五千字，二十天內就不能有一刻閒了，但一日五千字，亦談何容易呢？」同年七月四日日記，有這樣可笑的話：「中午又買航空獎券一條，實在近來貧窮不過了，事後想起，自家也覺可笑。」

郁達夫爲什麼窮？因爲他一直沒有固定職業，養家餬口，自己還愛喝酒。他仰靠的是稿費、版稅維持生活。他家中掛的自書對聯：「避秦厭聞文字獄，著書原爲稻粱謀。」

早在一九二二年郁達夫辦《創造季刊》時，創刊號剛出來兩三個月，他和郭沫若跑到泰東書局去問銷路，聽說印了兩千，只銷掉一千五，兩人洩了氣。跑到上海四馬路酒館喝酒解愁，一連喝了三家。郁達夫大醉，牽著郭沫若的手，在月光下摸到靜安寺路，忽然郁達夫掙脫了手，跑向街心，對著一輛輛飛馳而來的汽車，用手比成手槍，大聲喊叫：「呯！呯！我要槍斃你們這些資本家！」郭沫若拉著他的手，一面齊聲嚷著：「我們是孤竹君之二子！」踏著月色回去。當年說這句話原是好玩的，後來郁達夫流亡海外，日軍佔領新加坡，郁達夫果眞成了叔齊，嚴肅地走上首陽山，成爲讖語。

郁達夫在困難的寫作生活中，總是夢想自己有房子。他在一篇散文〈住所的話〉中說：「自以爲青山到處可埋骨的飄泊慣的流人，一到了中年，也頗以沒有一個歸宿爲可慮。」於是他夢想有「一間潔淨的小小住宅」。後來，郁達夫的朋友，爲他化了一千七百元買了一塊地皮，地址在杭州的西湖附近。蓋起「風雨茅廬」以後，他欠了四千多元的債。郁達夫在一九三五年十一月的日記寫著：「這一年之中，爲買地買磚、買石買木而費去的心血，眞是可觀。」「今年下半年的寫作成績，完全爲這風雨茅廬的建築弄壞了。」

翌年春，「風雨茅廬」建成，郁達夫卻去福州作參議，爲了賺固定的薪水。他是應陳儀之聘而去的。陳儀是日本士官畢業，時任福建省政府主席。自此「風雨茅廬」成爲達官貴人出入的地方了。

在這兒，我必須客觀指出，達官貴人都是郁達夫的同鄉、知友。郁達夫愛朋友、愛飲酒，那時杭州警察局長趙龍文、教育廳長許紹棣，常來他家作客。趙龍文曾送給郁達夫一把扇面，題詩曰：

佳釀名姝不帝秦，信陵心事總酸辛。
閒情萬種安排盡，不上蓬萊上富春。

四十年前，我在海軍服役，趙龍文時任政治部中將主任，有一次召見我，我曾想問及此事，因見趙將軍面色嚴峻，若貿然提出此題外的話，實爲不妥。看起來人與人之間能有「共同的語言」，還眞不容易啊！

不幸，「風雨茅廬」中，王映霞發生婚變，道是清官難斷家務事，局外人難以評說。如今許紹棣已作古，王映霞住在上海，去年還來臺北作客，往事如烟，我們除了爲郁達夫惋惜之外，還能說些什麼？

也許讀者關心「風雨茅盧」的近況吧。是的，這座已蓋了半個多世紀的西式平房，依然存在，只是裡面住了幾戶人家，成了大雜院。那三間最大的灰磚平房，成了派出所的辦公室。現在，還是讓畫家、作家郁風發言吧。她在〈一個眞正的文人——三叔達夫〉一文中說：

和派出所的民警同志們談話，他們並不知道這裡原是作家郁達夫的什麼風雨茅盧，只知解放前的房主是一個國民黨的師長，那師長逃往臺灣，這房子就當作逆產沒收了。他還帶我去門外牆角上看了一塊小石碑，上面刻著字：王界。原來這房子的施工經營都是王映霞一手辦的，後來戰亂中她出走之後，就交給一個王姓本家看守，大約後來就賣給那個師長了。

蕭紅二三事

蕭紅在一九四一年七月寫過短篇小說〈小城三月〉，距離她病逝只有半年，稱得上是遺作。這是一篇與以前風格迥異的作品。以前蕭紅筆下的小說中的父親，封建意識濃重，冷酷無情，繼母是凶惡狠毒的心腸；這篇〈小城三月〉卻對父親、繼母例外地塗抹了富有人情味的光彩。我讀了這篇小說，感慨不已。莫非蕭紅從西安和蕭軍情感破裂，負氣南下，又與端木蕻良發生摩擦，她一人患了嚴重的肺病，形單影隻，又無積蓄，思鄉思親之心油然而生；這篇小說爲「人之將死，其鳴也哀」作了見證麼？

任何一個小說家的作品，總難逃離作者的身世影子和其性格，這是客觀的事實。蕭紅是一個具有叛逆性的女人，她敢和父親頂撞，與繼母挑戰，十六七歲的女孩敢離開故鄉呼蘭河畔，隻身去哈爾濱讀書。後來，蕭紅寫小說，敢於和自己仰慕的男作家蕭軍同居，這在三〇年代初期的中國，是一件震驚社會的新聞。蕭紅的叛逆性格，和她家庭背景有關，這是一個值得深思的課題。

蕭紅從小便和父親感情不好，因爲她父親張廷舉的舊禮教甚嚴，凡有不順眼的事，便會打罵兒女，偏是蕭紅性情彆扭，決不認錯，因此她小時挨了不少打。母親病故，張氏娶了繼室梁亞蘭，當然母女也不會和睦，最後蕭紅赴哈爾濱上中學，她像一隻斷線的風箏，從此再也沒和父親見面，這實在是一場倫理悲劇。

張廷舉是黑龍江省呼蘭縣響叮噹的人物。民國初年，他立志維新，創辦新式學堂，講授新知識，主張男女同校。他的夫人梁亞蘭是呼蘭縣第一個走出家門，進學校，穿高跟鞋的婦女。儘管他如此開朗，卻管不住一對兒女，兩人都賭氣離家南下。長硬翅膀的鳥兒，飛得無影無蹤了！

舊時代的中國父親，雖然管教嚴厲，但對兒女的愛則不容置疑。這是我親身體驗的眞正感情。不少受過西方文化洗禮的朋友常說：「我對待兒女如同朋友一樣」，我始終聽不慣這種話，這不像中國人說出的話。自兒女出走後，張廷舉掛念兒女，與日俱增，特別是逢年過節，思兒想女，熱淚盈眶。一九四七年春節，兒子張秀珂返家過年團聚。張廷舉喜極而泣，親手寫了一副對聯，貼在門口。寫的是「惜小女宣傳革命粤南歿去，幸長男抗戰勝利蘇北歸來。」橫批是「革命家庭」。雖然自我標榜，但也表達了老人喜悅心情。

到了一九五九年《蕭紅選集》出版，張廷舉已是七十開外的老人。他住在瀋陽，時常手拿著書，向朋友鄰居說：「這是俺乃瑩寫的書啊！」嘴角還噙著激動的淚花。次年，他便帶著無比的懊悔心情離開了人間。

記陸小曼

陸小曼是一個頹廢派女人，漂亮、嬌貴，會唱戲，也會作畫，愛賭錢，也會吸鴉片。陸小曼是我國閥閱世家的末路千金。她的造型猶如《紅樓夢》中的林黛玉，體弱多病，沈溺戀愛。嘔半口血，讓女傭攙扶到簾外去看海棠。

按說陸小曼是紅不起來的。偏是詩人徐志摩追她，而且發表情書《愛眉小札》，這才轟動整個中國社會。當初徐志摩追她，確實付出不少心血，凡是小曼喜愛的事物，志摩一定奉陪到底。一九二七年十二月二十七日，陸小曼在上海夏令匹克戲院演《三堂會審》，小曼飾蘇三，翁瑞午演王金龍，江小鶼飾藍袍，徐志摩演紅袍。其實陸小曼的京戲唱的並不好，只是她長的漂亮，知名度高，所以愛票戲；詩人徐志摩上臺演紅袍，浙江味的道白並不悅耳動聽，可是爲了追名女人，只得粉墨登場，苦中作樂。

陸小曼的美和病是相伴而來的。婚後，徐志摩在《眉軒瑣語》中，曾這樣記載：

「今天是觀音生日，也是我眉兒的生日，回頭家裡幾個人小敘，吃齋吃麵。眉因昨夜車吃嚇，今朝還有些怔怔的，現在正睡著，歇忽兒也該好了。」

「曼昨晚又發跳病痒病，口說大臉的四金剛來也！真是孩子！」

「曼的身體最叫我愁。一天二十四小時，她沒有小半天完全舒服，我沒有小半天完全定心。」

詩人娶了這個藥罐子，受盡心理上的折磨，而且陸小曼還常陪公子哥兒翁瑞午吸鴉片，有時翁還替小曼按摩，治療慢性病。他倆的曖昧關係，詩人當然心知肚明。但是木已成舟，宣傳到全國每個角落，詩人也只有忍氣吞聲了吧。

一九三一年十一月十九日，徐志摩飛機失事遇難，撞死山東歷城縣黨家莊，徐志摩知友的輓聯非常貼切：

曠代逸才，萬種風情無地著；剎那奇夢，中年哀樂一時消。

陸小曼和詩人結婚後，一直住在上海，也一直過著懶散清苦的生活。她多愁善感，病多體弱，再加上生活窘困，精神當然萎靡不振。小曼的文學、藝術，樣樣都懂，樣樣稀鬆。年輕時臨摹過明人沈周的畫，也跟近代畫家賀天健學過畫。她只畫山水，清逸飄灑，畫如其人。

大抵是一九五〇年春，上海美術協會辦畫展，陸小曼也參展數幅畫。一日，上海市長陳毅來參觀，走到小曼的畫前說：「這畫很好嘛！她的丈夫是不是徐志摩？徐志摩是我的老師。」陪同者向他介紹了陸小曼的生活困境，陳毅聽了皺皺眉頭：「應當給予照顧。」不久，陸小曼收到一張聘書，聘她任市人民政府參事。另外，還給她一張華東醫院就診卡，以及文化俱樂部出入證。陸小曼收到泣不成聲。這是女作家趙清閣的《滄海泛論》中的敍述，看來應當是事實。

陸小曼大抵在一九六六年病逝。文革剛開始，她立即「見」了詩人徐志摩，逃過文革浩劫。說起來這個頹廢派女人還眞有點福氣。

記秦牧

作家秦牧最近病逝，深爲惋惜。他的散文與雜文別具風格，尤其他以通俗話寫文學理論，實在深刻生動；近年來，《藝海拾貝》一直伴隨我身邊，時常湧起無比喜悅的感情。他的知識非常淵博，思想豐富，見解敏銳深邃，卽使一句話、一首小詩，也給人們帶來無限的啓發。不久前，我從讀書劄記中還看到他的小詩〈花和果〉，其中有這樣充滿哲理的詩句：

罌粟花艷麗異常，
果子卻藏滿了毒汁，
荔枝花毫不美觀。
果子卻飽含著玉液瓊漿。

秦牧就是一朵極爲平凡的荔枝花，若論學歷只有高中畢業；若說經歷，做過劇社職員、中學教師、部隊科員、報刊編輯，秦牧卻以在生活體驗中汲取的廣泛的知識，運用其豐富瀟灑的語言，抱著「寫作應該對社會進步有益」的宗旨，寫出極爲精彩的散文，爲我國當代文學創立了光輝的成果。秦牧的雜文、散文確是玉液瓊漿、字字珠璣，我認爲他的《藝海拾貝》將是中國當代文學的里程碑作品。

秦牧原名林覺夫。廣東澄海人。民國八年八月十九日誕生香港，後隨父母去了新加坡。十三歲回國後，曾在澄海、汕頭、香港等地求學。抗日戰爭末期，他在桂林和《廣西日報》記者吳紫鳳相戀結婚，他們夫婦經歷了湘桂大撤退、戰火紛飛的國內戰爭以及史無前例的文化大革命，相敬如賓，恩愛逾恒，他倆一直沒有兒女。秦牧曾以瀟灑豁達的心情寫過一篇散文談及此事，毫無有些中國人因襲所謂「不孝有三，無後爲大」的愚腐庸俗觀念。

秦牧成名甚早，他在三十歲之前，便經常在香港《華商報》、《大公報》、《文匯報》以及《群眾》、《野草》、《文藝生活》等報刊寫稿。有一個時期，秦牧在香港給《華商報》開了一個專欄，稱作《駱駝與針眼》，每日一篇，文名大噪。受到中共重視。民國三十八年夏季北平召開第一次全國文學藝術界代表大會，秦牧那年剛好三十歲，被邀請作代表，因家中有事，未能參加。從此可見最初中共的文藝工作做得非常細緻、週到，這是無可否認的事實。

是年，秦牧以一個文藝工作者身分，離開香港，先到東江游擊區，換上軍裝，迎接共軍南下。不久，三十歲的秦牧以「軍管會文藝處電影戲劇審查組長」的身分，走進廣州市，他怎不會「鞠躬盡瘁，死而後已」投入緊張而忙碌的工作呢？

文化大革命時，秦牧被批成「國民黨殘渣餘孽」、「漏網大右派」，因爲他抗戰初期在國軍三十九補充兵訓練處做過科員。在粵北「五七幹校」三年，秦牧從事過五六十種勞動，包括種花生、挿秧、種菜、搬運、卸石灰、看牛、趕牛車、收割、挑糞、扛木材、打泥磚、蓋房屋、攪拌水泥、整治河道等。那個時期，秦牧「挑斷的扁擔大概有六七十根」。他時常挨餓，老是「感到饑腸轆轆」，有一次他在圩市自由進餐，竟然吃了一斤三兩米飯，在萬古如長夜的「文革十年」，秦牧被迫擱下了筆，停止文學創作，這怎是秦牧一個人的損失？這是中國當代文學的嚴重損失啊！

秦牧的散文實在美極了！桂林山水雖美，卻比不上他的散文那麼如詩如畫，不信，請你欣賞秦牧爲彩色畫册《桂林》寫的序中的一段：

> 桂林山水，應該說是獨具一格的。飛機掠過桂林上空的時候，人們從舷窗下望，就可以看到這一帶特有的山峰，那種看來好像沒有來龍去脈，拔地而起的山峰，像犀牛角，像馬蹄螺，像竹筍，像伏獸般的崗巒，令人感到奇特而又新穎。等到你著陸之後，親自到各個風景區踏訪一番，就會越發驚異於這些山峰千奇百怪的狀貌。它們有的像老人，有的如巨象，有的賽似駱駝，有的宛若瓶子，一首古代的詩歌禁不住撲進你的心扉：「桂林多洞府，疑是館群仙；四野皆平地，千峰直上天……」對！桂林的山就是這般模樣。這些山已經夠奇了，而無數深邃瑰麗的岩洞更奇；還有一條明淨澄碧的灕江把這一帶的風景區聯結起來，加上許多神仙傳說和歷史故事，這就使得桂林山水，在中國、在世界，享有這麼高的聲譽了。

像這般細緻生動的桂林山水圖，過去，現在，甚至將來，有誰能寫出這麼優美的散文？我們中國人傳統觀念，一向厚古薄今，特別是文學藝術家更是固執。平心而論：周作人寫出這樣散文麼？朱自清寫出這樣散文麼？凡是到過桂林的朋友，讀了秦牧的這段栩栩如生的描寫，一定會興起同樣的念頭，若是把它翻譯成英、法、德、日、西班牙、俄等國文字，讓世界五大洲的人民都來桂林觀光旅遊，那有多好！

我總認爲政治箝制文學創作，固然傷害作家，影響文藝蓬勃發展，但是文學走向商品化，也會造成是非不明、眞僞不清，最受戕害的還是一些「器小易盈」的文學青年。這是我多少年來一直堅持的文學創作觀點。中國大陸文學家的創作比較質樸、深刻，那就是因爲作家在受到約束、限制環境中，過著粗茶淡飯的生活。他們不懂出風頭，打知名度，只遵守著像秦牧先生所說的「寫作應該對社會進步有益」的目標。這是值得海外華文作家借鏡的優點。

最後，我們重溫秦牧的「良藥苦口」的話吧！

知道自己平凡的人會不斷努力，自命天才的人卻難免故步自封。寫作這種個體勞動的方式很容易導致覺悟不高的人誇大個人的作用，而忘記去尊重別人各有其可貴之處的各式勞動。實際上，驕傲只是無知的別名罷了。

陶潛瀟灑生活

讀了包根弟先生〈陶公讀書樂〉，談到這位我國著名的詩人，終生以讀書爲樂，書不但凝聚了陶公的思想，而且陶鑄成他的性格，滋潤了他的精神，使陶淵明成爲偉大的詩人。我非常同意包先生的觀點。

我所佩服陶淵明的地方，則是他瀟灑的生活態度。他可以多幹幾年彭澤令，如果陶老睜一隻眼、閉一隻眼，或者再虛報年齡，他老人家可以混到八十歲衣錦榮歸。偏是他具有知識分子的道德勇氣，看不慣東晉王朝偏安一隅，不思恢復中原，在一百十三年中，僅有謝安率領兵馬的「淝水之戰」，以劣勢擊敗了前秦苻堅的百萬敵軍，收復了徐、青、兗、司、豫、梁六州。同時，陶淵明更看不慣當時的知識分子，只懂得高談闊論、沽名釣譽，對社會民生毫無貢獻。因此，陶老只作了八十多天彭澤令，就以「不爲五斗米折腰」的坦率理由，掛冠歸去。這是一千六百年前的官場佳話，試問一千六百年後的今天，有幾位像陶淵明這樣拿得起、放得下、看得開的人？

陶老回到潯陽柴桑（即今日的江西九江），和他夫人翟氏「夫耕於前，妻鋤於後」；他們在恬靜美麗的鄉間，過起「登東皋以舒嘯，臨清流而賦詩」的生活，何等瀟灑自然的生活！

我還有一種體會，陶淵明的棄官歸田，並不是作隱士，把國事天下事，置若罔聞。我試讀陶老的〈歸園田居五首〉組詩，證實了詩人對於播種、施肥、除草、灌溉等莊稼活兒，都是勤勤懇懇去做；如果再讀了〈菽稷隨時藝〉那首詩，更能體會到詩人從事農業勞動，不僅爲了養家餬口，而且爲了開展以農立國的千秋事業，這是我們應該肯定的事實。

陶淵明的散文〈桃花源記〉，是我國文學史上偉大作品之一。他幻想的這神秘地方，土地平曠，屋舍儼然，男耕女織，人人歡樂；既沒有小偷、強盜，也沒有娼妓、保鏢，更看不見街頭示威遊行，眞是一座幸福的樂園。作者借著村民的談話，道出了中華民族愛好和平、反對戰爭的願望：「先世避秦時亂，率妻子邑人來此絕境，不復出焉；遂與外人間隔。問今是何世？乃不知有漢，無論魏、晉，此人一一爲具言所聞，皆歎惋。」當那個迷路的漁人告別時，住在桃花源幽谷內的村民，還叮囑他說：「不足爲外人道也。」聽啊，這表示了他們愛戀寧靜的農家生活，不希望外界的戰亂紛擾他們！

我認爲陶淵明的〈桃花源記〉，給予後世的政治家指出一個努力方向，那就是大同世界的藍圖。這是一篇優美的浪漫主義與寫實主義結合的文學作品。雖然桃花源似乎距離迢遙，讓我們湧出撲朔迷離的茫漠心情；但是只要我們沿著這一條道路走，終歸會有尋找到它的一天。

白話文學的啓蒙人

陳獨秀早年在蕪湖中學教國文，有一學生作詩，詩中有這麼兩句：「屙屎撒小手，關門掩戶閪柴扉。」陳獨秀看過大笑，當即在詩上批了「屎臭尿腥」四字，並寫了兩句：「勸君莫作詩人夢，打開寒窗讓屎飛。」

這位五四新文化運動的健將認爲詩是一種美麗的文字，「白話難以寫出美詩」。他反對把散文寫成短句，加上些啊、呀、嗎、呢，再加上些驚嘆號就自稱是詩。從「五四」運動以來，陳獨秀主張用白話文代替文言文，這是衆所週知的，但對詩歌應採用白話還是文言，他從未作出結論。不過他說直到三〇年代末期，「還沒有看到優秀的作品，能使人誦吟不厭的。」他認爲詩有詩的意境，詩的情懷，詩的幻想，詩的腔調。陳獨秀勉勵青年想寫詩，最好先讀《詩經》、《楚辭》、唐詩、宋詞，瞭解一些詩味，再去動筆，那將會有所裨益。

創造社的詩人王獨清寫了一本詩，詩集印得新奇有趣，大字、小字、正字、歪字，加上不少驚嘆符號。像砲彈打出後的破片飛散一樣。他拿給陳獨秀看。陳看了哈哈大笑，連說不懂詩，不敢提出評論，但是稱讚對方「大膽」，獨出心裁，自創一格。後來陳獨秀在獄中向友人談起此事，他說：「文藝這東西，決不能用模型來套制，八股文爲何一文不值，就是因爲它是僵屍文章，臭不可聞。」陳獨秀反對爲文藝家「劃地爲牢」，那會束縛創作的自由。他指出中國古典文學《紅樓夢》、《水滸》、《西遊記》、《西廂記》、《桃花扇》等，有哪一個是由別人出題或指出範圍寫成的呢？世界文學的第一流作家莎士比亞、莫里哀、雨果、巴爾札克、歌德、海涅、托爾斯泰、屠格涅夫等等，又有哪個是奉命寫成出色的作品呢？

陳獨秀推崇曹雪芹的《紅樓夢》描寫的末期封建社會，淋漓盡致，入骨傳神，使人們不必讀史，就一眼看到清朝中國社會一幅全圖。人物之多，入畫入神，結構之緊，合理合情，眞是曠世珍品，千古奇文。曹雪芹十年寒窗，才寫了這部著作的前八十回，態度是何等嚴肅，詩文詞句的推敲，也瀝盡心血。陳獨秀曾說：作家的任務，要通過體驗社會生活，再加上藝術構思，巧妙地描畫出活的工農來；而不要借工農之口，說出知識分子的話來，叫人看了四不像。

陳獨秀說：聽說趙子昂畫百馬圖，未著筆前，在書房裡打滾，擬馬的各種姿態，再出而觀馬，然後下筆。百馬圖中的馬各有不同姿態，正如曹雪芹寫眾多丫鬟小姐，各有各的性格一樣，這種精神和技巧都是應該效法的。要說現實主義，這才是眞的現實主義。至於浪漫主義，我認爲沒有浪漫主義就沒有文學。文學要有幻想，要用浪漫的構思和手筆，巧妙地反映出社會生活來。否則讀讀歷史看看報紙就夠了，何必還要什麼文學呢？《西遊記》是用浪漫的手筆寫出來的，若用現實主義去衡量它，那是荒唐的。但它在文學上有特殊的價值。無論寫孫悟空、豬八戒以及各種妖精都栩栩如生，十分美妙。這種浪漫主義，是值得讚賞的。

在「五四」運動前期，陳獨秀和胡適、劉半農、錢玄同算是文字知交，同在《新青年》上發表文章。當時人稱陳、胡、錢、劉「四枝大筆」。陳獨秀在獄中曾談到胡適，他說：胡適在《新青年》上有大膽狂言的勇氣，也寫過一些號角式的文章。新文化運動他是有貢獻的。「但他前進一步，就要停步觀望一下。後來他走了一步，就倒退兩步，這就難以挽救了。」陳獨秀和胡適的私交比較深厚，胡適說過：沒有你的〈文學革命論〉，白話文學，難達今日之成就。陳獨秀對胡說：沒有你的〈文學改良芻議〉，文學還會停在八股的牢籠中。

陳獨秀認爲魯迅是現代作家首屈一指的人物。他的中短篇小說，無論在內容、形式、結構、表達各方面，都超上乘，比其他作家深刻得多，因而也沈重得多。不過，比起世界第一流作家和中國古典作家來，似覺還有一段距離。陳獨秀說魯迅是《新青年》的一名戰將，但不是主將，既歡迎魯迅寫稿，也歡迎他二弟周作人寫稿，歷史事實，就是如此。

魯迅在陳獨秀入獄後，諷刺陳獨秀是《紅樓夢》中的焦大，焦大因駡了主子王熙鳳，落得吃馬糞的下場。魯迅是以「何幹之」的筆名，在《申報》的「自由談」撰文諷刺的。對於魯迅的諷刺，陳獨秀說：「他若駡得對，那是應該的，若駡得不對，只好任他去駡，我一生挨人駡者多矣，我從沒有計較過。我絕不會反駡他是妙玉，魯迅自己也說，謾駡絕不是戰鬥，我很欽佩他這句話。總之，我對魯迅是相當欽佩的。我認他爲畏友，他的文字鋒利、深刻，我是自愧不及的。人們說他的短文似匕首，我說他的文章勝大刀。他晚年放棄文學，從事政論，不能說不是一個損失，或是期待他有偉大作品問世的。」客觀地說，陳獨秀的觀點還是很公允、客觀而心存忠厚的。其實，陳獨秀的文學修養很高，可惜他將精力放在政論上。他對文字學興趣最濃，在監獄中還成天埋頭鑽研《說文》。總之，他的文學見解雜亂而無系統，這應當是公正的話吧。

腹有詩書氣自華

深夜挑燈看清朝戲曲家楊恩壽《坦園日記》，他在清同治八年十一月二十九日記載：「拜黃子壽，約余明日往張力臣處，有小集，招尹某用西洋取影法留吾輩行樂鏡像。余因以鬼工取神也，托辭不往。」我讀後不禁拊掌大笑。

楊恩壽字鶴儔，湖南長沙人，他是同治九年舉人。著有傳奇《麻灘驛》等七種，曲戲論著《詞餘叢話》及詩文集多種。他距離現在僅一百餘年，卻懼怕照相，可以說明人的知識見聞皆有局限性，即使名人也不例外。

近代名人胡林翼在〈致嚴渭春方伯〉中，評論兩部著名的古典文學作品，寫出如此偏頗錯誤的話：「一部《水滸》，教壞天下強有力而思不逞之民；一部《紅樓夢》，教壞天下之堂官、掌印司官、督撫、司道、首府及一切紅人，專意揣摩迎合，吃醋搗鬼。當痛除此習，獨行其志。」不僅胡林翼，甚至連梁啓超在〈譯印政治小說序〉裡，也曾寫道：「中土小說，雖列之於九流，然自虞初以來，佳制蓋鮮。述英雄則規劃水滸，道男女當伍紅樓，縱其大較，不出誨盜誨淫兩端，陳陳相因，塗塗遞附，故大方之家每不屑道焉。」

我所以錄出梁任公和胡林翼的文學觀點，乃說明作爲一位學者、政治家，不要下車伊始，嘰哩呱拉，信口開河，應該先對主題作一番調查與審慎的研究，再下結論。同時我們對名人的著作或語錄，千萬不要迷信，因爲名人也會說出過分離譜的話。

曾國藩晚年患眼疾，也許他不自覺，或是醫生沒告訴過他，此乃由於曾氏嗜食辣椒的緣故。他在寫給紀澤的信中，有一段話：「吾近夜飯不用葷菜。以肉湯燉蔬菜一二種，令極爛如泥，味美無比，必可以資培養。」曾氏將蔬菜燉成爛泥，蔬菜中的維他命C破壞殆盡，絕對錯誤。若讀者傚倣曾國藩的食譜，那才是天大的傻瓜！

魯迅也說過偏激話：「漢字也是中國勞苦大眾身上的一個結核，痛菌都潛伏在裡面，倘未首先除去它，結果只有自己死。」中國的漢字，通過數千年的演變，有它的優越性。若想消除它確非易事。因爲漢字拉丁化是走不通的死胡同。魯迅的話，使我聯想起清朝時，一位外國人向李鴻章作出預言：「看中國人的吃茶，就可以看到這個國度無救。」一個世紀過去，彈指一揮間，海峽兩岸的炎黃子孫，依然講究喝茶。尤其近十年來，臺灣城鎮茶藝館雨後春筍，應運而生，它是談情、敍舊、洽商、聚會的最佳場所。相反的，中華民族不但有救，而且走遍全球昂首闊步。

我國歷史上出了一位癡呆皇帝司馬衷，他就是西元二九〇年至三〇六年在位的晉惠帝。此人糊塗絕頂，曾說：百姓餓死，何不食肉糜？當時皇族互相殘殺，造成王五之亂，晉惠帝形同傀儡，傳說他最後被東海王「越」毒死。事實上司馬衷根本不瞭解百姓疾苦，他說「何不食肉糜」的荒唐話，是基於他的癡呆無知。咱們不能過分苛責於他，甚至批判他。若是批判也只能批判封建制度。

蘇東坡是偉大的詩人，傑出的書畫家。他因反對王安石新法，以作詩「謗訕朝廷」罪貶謫惠州、儋州。最後北返，憂鬱病死常州。詩人看穿了官場上的風雲變幻，說出非常消沈的牢騷話：「但願生兒愚且魯，無災無難到公卿」。這是極端荒謬的言論。假使兒子爲治國之材，蘇東坡這樣去教育他們，豈不戕害了下一代的心靈？

作爲一個卓越的政治家、文學家或新聞工作者，要寬容、冷靜、客觀，並應有淵博的學問。「泰山不讓土壤，故能成其大；河海不擇細流，故能就其深。」或認爲連教師、醫生、編輯、導演或企業家，都應具有這種處世修養才是。俄羅斯作家索忍尼辛曾說：「自由世界新聞界認知膚淺，而權力太大。」當代文豪的話，值得我們新聞界朋友深思。

作家任務是創作

著名劇作家曹禺最近在北京《團結報》上透露，他在過去四十多年擁有兩大憾事，影響了他的文學創作。一是寫作時間被接待外賓、出國和各種會議所剝奪，「創作自然就從生命中退讓了。」二是政治運動多，沒有獨立思考。在每次運動中，「按一種既定的要求、材料去否定別人，也否定自己。」他指出，直到現在，「文革」的陰影依然籠罩在他的腦海中。

曹禺的這些話值得文學藝術界朋友深思。作家的主要任務是創作，就如同農夫的主要任務是種出莊稼收成糧食一樣。因此，作家當官、作家下海經商，縱然有其選擇的自由，但總非正途。多少年來，我們親眼看到那些徘徊在作家與馬褂兒之間的朋友，像陀螺似地在落日餘暉的沙灘旋轉，無奈地旋轉，不久便湮沒在夜暮蒼茫中。他們昔年意氣風發、壯志滿懷，也想爲社會人群作出貢獻；但是官場上的馬褂兒不需要詩，也不需要小說，文藝家也者，是難以在官場立足的。最後敗下陣來，黯淡燈光下，一杯米酒、一碟花生米，像易卜生筆下的卜克曼，埋首酒和嘆息聲裡。這是何等重大的損失！

我們認爲，作家接待外賓、出國，參加各種會議並非不正當的事。有朋自遠方來，不亦樂乎？好客是我國文化特點之一。有時從外賓身上可以吸取新的觀念和知識。出國亦是如此。至於開會，只要是有意義的且具有愛國意識的會議，參加能夠獲得知識見聞，並能和群眾建立同舟共濟的感情。我想曹禺所指的接待外賓、出國或開會，可能是一種形式主義的、帶有應酬性的，這實在浪費時間，這對於眞正從事文藝創作的朋友影響甚大。

過去四十年來，臺灣和大陸所不同的，既無「文革」也沒什麼政治運動，作家可有獨立思考的自由。但也有一些年輕留學生，回到臺北，馳騁於學術與政治之間，他們上知天文氣象，下知河川地質，甚至李清照作品研討會、譚嗣同思想評鑑會，他們也是重要發言人。每次開會，見了這一些熟面孔，我總憶起普希金的打油詩：

蝗蟲飛呀飛，

飛來就落定，
落定就吃光，
吃光就飛走。

有些會議徒具形式而無內容，事先毫無準備作業，不少與會者抱著搶鏡頭、出風頭的態度去，「一人一把號，各吹各的調」，這種會而不議，議而不決，決而不行的會議，豈不埋葬了大好時光！

我國近百年來知識分子的最大缺點就是清談，三五朋友聚在一起，香菸繚繞、咖啡噴香，便海闊天空擺起龍門陣。特別是從事文學寫作的朋友，縱橫天下文壇，總比不上自己哥兒們。清談誤國，亦可浪費無情歲月，這是值得警惕的事。

閒話稿酬

讀《隨園詩話》，才瞭解清朝有些知識分子，實在清苦可憐。雖滿腹經綸，卻待在家裡，面對滿櫥書籍挨餓。徐蘭圃的詩稿有云：「可憐最是牽衣女，哭說鄰家午飯香。」看了嘆息不已。那時沒有稿酬制度，寫詩還無所謂，若是寫長篇小說，那眞是一項偉大的義務勞動。曹雪芹寫《紅樓夢》時，「舉家食粥酒常賒」，如果曹老生到今日，他絕不會受到如此煎熬與痛苦，可能他最少也活到古稀之年。

清朝寫小說沒有稿酬，但是畫家卻能賣畫，這是我國文化的畸形發展。令人實在不服氣。鄭板橋是詩人、書法家和畫家，他曾將自己畫作稿酬數目貼在門口：「大幅六兩，中幅四兩，小幅二兩，書條幅對聯一兩，扇子斗方五錢。凡送物食，總不如白銀爲妙。」鄭老是藝術大家，當然拒絕食物。我少年時爲鄉鄰書寫春聯，奉送紙墨，寫畢鄰居鄉親送我甜窩頭、紅皮蘿蔔，把我樂得一蹦多高！想不到毛筆一揮賺來東西吃，妙哉！

齊白石是清末民初盛名的畫家，他的小雞五塊銀元一隻，婦孺老幼盡知。據說如果客人送十三塊銀元，齊白石就只畫兩隻半小雞，那半隻小雞則藏身樹叢後，僅露出半個身子來。固然這位質樸的畫家具有農民的倔脾氣，可是買主的精打細算毛病，也實在不甚可愛。

清宣統二年七月，商務印書館發行《小說月報》創刊。刊出稿約，並有稿酬。這是最早實施稿酬的創舉：

> 本報各門皆可投稿，短篇小說尤所歡迎。來稿務祈繕寫清楚，並乞將姓名住址，詳細開示，以便通訊。如係譯稿，請將原書一同擲下，以便核對。中選者分五等酬謝，甲等每千字五元，乙等每千字四元，丙等每千字三元，丁等每千字二元，戊等每千字一元。來稿不合者，立卽退還，惟卷帙過少者，恕不奉壁。

這一則八十年前的徵稿簡則，到今天仍很合乎情理。只是稿件分甲乙丙丁戊是編輯部的事務，不必向作者說明，否則傷害了作者自尊心。《申報》附刊「自由談」創刊於民國元年，主編先後爲王鈍根、姚鵷雛；後來陳蝶仙作編輯將來稿分爲甲乙丙三等，按等第發放稿酬。有位仁兄故意抄了一篇柳宗元的散文，寄到雜誌社。陳蝶仙把此稿列爲丙等發表。於是這位仁兄寫信給〈申報〉總編輯，指出他抄了柳宗元《柳河東集》的文章，陳某竟然不曉，而且列爲丙等，那誰有資格列入甲乙等呢？從此，陳蝶仙公開道歉並取消等第的標準。

我作過報館編輯和雜誌主編，應該有發言權。若是完全取消等第，一視同仁，這不僅使資深作家受到挫折，而且助長青年作者驕傲自滿心理。過去四十餘年來，由於報紙副刊和雜誌按字計酬，致使散文、短篇小說受到損失，而長篇小說成爲一枝獨秀，這是值得檢討的一項課題。最讓我們感到遺憾的，新詩的稿酬在現行按字計酬影響下，實在偏低，這是無庸置疑的事實。可喜的是新詩並不歉收，而且呈現一派滿園春色的景致。

在我國文學史上，短小精悍的散文、雜文甚至短篇小說最受讀者喜愛。歷代的知識分子，無不追求言簡意賅、要言不繁的寫作目標，所以才有惜墨如金的成語。若是當前文壇再沿守按字計酬的老傳統作法，恐怕我們的廣大讀者飲不著九十度的芬香大麯，卻只能喝到淡而無味的大碗茶。我國最短的一篇小說是陶淵明〈隕盜〉，全文如下：「蔡裔有勇力，聲若雷震。嘗有二偷入室，蔡拊床一呼，二盜俱隕。」這篇小說連標點符號在內，僅二十九字。按目前稿酬拿到二十九元新臺幣，只能喫一小碗陽春麵。在工商業社會，讀者最需要千兒八百字散文小品，言之有物，進而清神醒腦，獲取教益。這樣的文章每篇付二三千稿酬，又有何妨？

煮字療饑是文人清寒生活的寫照。君子固窮是美德，作家執筆作文，其實也不是完全爲了稿費，他還懷抱一種崇高的理想與眞摯的情趣。四十年前，中華文藝獎金委員會徵求作品，若合乎水準，雖未議獎卻立即發稿費。我的中篇小說〈荒原〉領到稿費早已請客，卻始終不見發表，爲了此事，我和《文藝創作》主編虞君質先生結爲忘年之交。

過去曾向《臺灣立報》投稿，每次主編核發稿費，皆由成舍我先生親自核批。據聞成老看過我的小說，甚爲滿意，提掖後輩，爲我增加一筆稿酬。雖與成老素昧平生，但深知他生活刻苦，爲人寬厚，當年張恨水就是成老一手捧紅的。

拍賣文學作品

每逢談起當代大陸文學作家，我總認爲他們能吃苦、有耐心。生活積累和藝術探索比較深厚，所以能創作出優美眞摯的作品。最重要的因素則是廣袤無垠的神州大地，文學作家握起了筆從事創作，絕不受商品化的汚染和影響。這是過去四十年來的印象總結。可是到了九〇年代的今天，海峽對岸的文學作家已發生翻天覆地的變化。這種變化使我驚愕，也令我失望。

廣東深圳市在十月二十八日舉辦文學作品拍賣會，價高者得稿。譬如甲以人民幣五千元買下曹雪芹的《紅樓夢》，可以再進行二手交易，以七千元賣給乙。參加拍賣的文學作品不少，價格很高。女作家霍達的電影劇本《秦皇父子》自標起價一百萬元人民幣；長篇小說《未穿的紅嫁衣》約三十萬字，作者自標起價每千字三千元。近年以寫實內幕小說馳名的軍中作家權延赤，準備推出《毛公山探祕》、《權延赤的房子》等六篇作品參加角逐，他的自標底價每千字一萬元。權延赤公開說：「我的態度是：低於此價不賣！」

上海作家葉永烈，也以《毛澤東的祕書們》和《苦難的一九五九》兩部長篇紀實文學作品參加競價。

據承辦文學作品交易所的「總策畫兼祕書長」王星先生表示：這次收到國內（大陸）八百多位作家報名參加，已寄來的文稿八千萬字以上。換句話說，目前已有八百多大陸知名作家，參加了具有五千年文化歷史國度的史無前例的文學作品拍賣會。

作家也者，所以被稱作人類靈魂的工程師，便是他們耐得住寂寞，守得住清寒，不為商品化的現實利益左右。就當許多作家紛紛下海經商、不少作家拿著作品參加競價的同時，還有些作家揹上稿紙、帶足菸捲，悄悄下鄉寫長篇小說去。陝西的鄒志安靠一人的工資和菲薄的稿費，養活七口之家及殘廢弟弟的孩子，四年間完成九部長篇。路遙在陝北、銅川以六年時光寫出一百萬字的《平凡的世界》。可嘆這兩位小說家已不幸病逝，讓人悲痛。陝西省長白清才曾激動地說：「選一個省長容易，造就一個作家不易。」何等令人折服的話！

錢鍾書說過：「文學是倒楣晦氣的事業，出息最少，鄰近著饑寒，附帶了疾病。我們只聽說有文丐；像理丐、工丐、法丐、商丐等名目是從來沒有的。」錢先生說的是實在話，也是含有怨尤的話。正由於君子固窮，才會創作出優美感人的作品。文丐不是恥辱的標記，而是光榮的標記。高爾基曾向作家呼籲，不要把自己所做成的東西，靴子、椅子、書本子，當成偶像。換句話說，作家永遠不可以滿足自己的作品，那會引起驕傲自滿，那也會使自己無法進步。深圳的文學作品交易會，讓作者自己標底價，這不僅戕害作家的心靈，同時也羞辱了中國文學。

「臺灣錢，淹腳目」，但臺灣的錢也是一角、一元用血汗賺來的。我誠懇地向出版家呼籲：你們不必去深圳買那種「字字珠璣」的文學作品，那會產生太多的負面影響。

換筆有感

從事文學寫作，一般人稱作「拿筆桿兒的」。筆是寫作的工具，正像農夫的鋤頭，戰士的槍枝一樣。傳說唐朝有個廉廣，在山東泰山採藥，碰上奇人，給他一枝神筆。廉廣用神筆畫了兵，兵便出征作戰；畫了一隻龍，立卽雲霧蒸騰，大風驟至，畫中的龍乘雲而去，頓時大雨滂沱，連日不止。後來廉廣竟致被捕入獄。這當然是一則神話。

筆是寫作的工具，它毫無思維、感情，怎能枉稱「神筆」？筆寫出來的散文、詩或小說、戲劇，皆出自作家的大腦。大腦蘊育了知識，思維與感情，最後使用筆把它表達出來，那便是文學作品。所以筆只是作家使用的工具而已。

我初學寫作，先使用鉛筆寫在拍紙簿上，通過塗改過後，再用細毛筆以蠅頭小楷抄寫在原稿紙上，我在抄寫過程也作了修正與藝術加工。等稿件寄出之後，大抵經過半月光景，原封退回。我總是懷著惶恐戒備心情，偷偷將它藏在抽屜中，唯恐被別人發現，總覺得這並不是光彩的事。

後來，我參加了工作，因爲業務繁重，只有擠時間從事寫作。從此我丟下了毛筆，換了鋼筆。寫作工具有了變化。起初甚不習慣，總覺彆扭。過了十多年，用鋼筆非常順暢，偶爾握起七紫三羊毫的細管毛筆，反而手腕發抖，這正是「有了新筆換舊筆」，別怪我無情無義，時代已經變了，我也得趕時代大潮。

有一年，姜穆兄發現我手抄的長篇小說《驚濤》原稿，大吃一驚。「你怎麼還用鋼筆寫稿？這是什麼年代了？」他繼而介紹我用原子筆寫作，筆桿兒輕巧，用起來也方便，比使用鋼筆速度快。聽人勸，吃飽飯。初用起來非常彆扭，總好像原子筆不聽大腦指揮，寫一段，撕一段，我曾數次想丟下原子筆，再使用鋼筆寫作，這樣反覆經年，最後總算放棄了那隻老得沒牙齒的金星牌鋼筆，走向「原子之路」了。

近幾年來，中國大陸的作家隨著改革開放大潮，寫作工具也發生變化，北京的史鐵生，四川老作家馬識途，最先使用電腦寫作。青年作家陳建功還以電腦「寫」出中篇小說〈放生〉，冰心看了曾誇讚說：「不錯，看起來電腦寫作並不影響創作的思維和風格。」

不久以前，北京舉辦了一場「作家換筆大會」。據報載，參加大會的作家有王蒙、張潔、林斤瀾、李國文、史鐵生、阮章競、葉葉楠、吳越、陳建功等人。雖是文壇盛事，可是響應的作家並不踴躍。看起來作家用電腦「寫」稿，並不像農民丟下鋤頭，換上機械化的農具那麼容易。我姑且下個斷語：中國作家若想「換筆」，再過四十年也難以實現。因爲像我這樣頑強而固執的人，大有人在。

中華民族是具有堅忍不拔充滿韌性的。愚公移山的故事，在碧眼黃髮的洋人心目中，是一則愚笨而荒唐的笑話，但它在中國卻成爲教育青少年的好教材。五千年來，咱們的先輩常以「水滴穿石」、「鐵杵磨成針」的勤勞精神，告喻兒孫，這是中華民族繁衍綿延、繁榮發展的最大原因。

從事文學藝術工作是一種思維的勞動，它必須潛下心來，細琢細磨才行。多少的經典作品，如《紅樓夢》、《復活》、《老人與海》，都是通過數十次的修改而定稿的。杜鵬程寫長篇小說《保衛延安》，寫的稿紙裝滿一大網籃，當時看到這則消息感慨萬端，引爲學習的榜樣。若在使用電腦「寫」稿朋友的眼中，杜鵬程豈不是天大的傻瓜？

俄國詩人馬雅可夫斯基說：「從多少噸語言的礦石中，才能提煉出一句詩來。」若是用電腦「寫」稿，妄圖加速生產，一天五篇散文，半月一個長篇小說，這種「大躍進」的革新，到底對中國文學發生什麼樣的影響，我卻茫然了……

是我們改變了世界

當前全世界的工商業發展，造成人們精神上的汚染，已成爲眾所週知的嚴重危機。在資本主義發達國家，不少人對於生存具有兩個吸引力，卽性與死亡。目前美國有個「自殺俱樂部」，鼓勵老年人或患了不治之症的病人自殺，它認爲活著不能賺錢，反而成爲親屬或社會的累贅，不如早日自殺，脫離苦海。這種從文藝帶來的意識形態，是精神汚染最嚴重的例證。

韓弗萊 Derek Humphry 在七〇年代出版的《珍恩的道路》，非常暢銷。這部鼓勵人們「無痛苦自殺」的作品，使作者成爲百萬富翁，同時也促使成千上萬的老年人、病患者服安眠藥自殺。從這個令人觸目驚心的事實可以證明，當前文藝帶給讀者的精神汚染，已步向了巔峰狀態。

中國大陸文藝界過去向以樸實著稱，許多文學家藝術家過著清茶淡飯生活，勤勤懇懇為做一個社會主義機器的「齒輪和螺絲釘」而從事文藝工作。但是改革開放以來，大陸文藝發生了變化。文藝商品化的大潮淹沒文壇。數年前北京有人竟公開提出「玩文學」的主張。許多文藝工作者為了撈錢，放棄創作而改行從商。僅以上海而言，前幾年作家胡萬春赴越南作生意，新近投身商場的有「傷痕文學」始作俑者盧新華、老詩人王寧宇、作家宗福先、越劇表演藝術家王文娟等。前幾年轉業從商的著名女歌唱家朱逢博，則索性以自己的名字為酒家命名，招徠顧客。文藝人士經商成風，文藝的商品化自然受到一定的影響。

文藝是專為娛樂人心、滿足人們好奇和刺激而存在麼？如果誰敢肯定它，那麼我們從事文藝活動的朋友，不必嘔心瀝血，埋首創作；而且要及時脫去身上掛的「人類靈魂工程師」的招牌，別再做「掛羊頭、賣狗肉」的事了！我們必須理解，只有文學家藝術家保持清醒的頭腦，抱定為廣大讀者服務而創作，提高他們精神生活品質，那麼文藝才發揮教化人心的作用，而讀者才不會受到精神上的污染。

別林斯基說：「藝術沒有思想，就像一個人沒有靈魂，是一具死屍。」從事文學藝術工作，總是藉形式的概括而表達作者的思想內容。這種思想若是健康的、優美的、眞摯的、向上的，它一定對讀者有益；相反的，其思想若是庸俗的、低級的、醜惡的，以「性與死亡」滿足讀者新奇刺激的東西，它一定會給群眾造成精神污染。我們必須指出：文藝作家並不是不能寫「性與死亡」，而是不能爲描寫性以喚起讀者的感官上的滿足，不能爲描寫死亡而鼓勵人們厭倦人生走向自殺末路。

當前每個國家都爲維護環境、清除垃圾而努力，卻很少聽到爲重視精神污染而呼籲的聲音，這是令人遺憾的事；此種捨本逐末的現象，若不及時糾正過來，那麼人類的精神生活將會愈加貧乏、單調，人們追逐聲色犬馬，縱情享樂，這種委靡而墮落的風氣瀰漫社會，我們不能掉以輕心。

工商業社會使人們過著緊張而忙碌的生活，因此人們對文藝的喜好有了轉變。長篇作品，題材比較嚴肅的散文、小說或詩歌，逐漸受到冷落，代替的則是輕鬆、俏皮、新奇、刺激的小品文藝。這種文藝，最早在香港流行。逐漸演變而成「垃圾文藝」。它就像街頭巷尾時常見到的可口可樂拉罐，價格不高，而且易開，人喝過卽扔掉它，造成環境污染。這種文藝作品是近代都市文藝的產物，它有幾個特點：

1.短小輕薄。

2.滿足大眾的追求新奇、刺激的感官需要。

3.這些文藝對讀者心靈構成或多或少的污染。

4.看過之後，丟進垃圾筒。

文藝發展到這個地步，它已完全淪爲消遣娛樂的玩意兒。它俏皮、逗趣兒、刺激、催情，可以消閒解悶兒，作爲茶餘飯後的談話材料。雖然它不能也難以帶給讀者精神上的滋養，更不能鼓舞人們向上，慰藉心靈，同時它還會給讀者帶來精神上的污染。

早在兩千年前，孔子對文藝便作了總結性的功能論述，他說「詩可以興，可以觀，可群，可以怨。」翻譯出來則是「文藝可以啓發人們的智慧與感情，文藝應觀察民情習俗，文藝能組織人民力量，文藝可以作爲政治批評的工具。」作爲一名華文作家，應該牢記中華文化的燦爛與光輝。我們不是爲娛樂讀者而從事文藝創作，我們不是馬戲團小丑或兜售春藥的小販；作爲二十世紀九〇年代的華文作家，拿起了筆，要以現代人民思想情感作寫作基礎。

現實對文藝來說，是它的血肉，也是它的生命。這才不愧爲文學家和藝術家。

赫爾岑說：「人類的全部生活會在書上有條不紊地留下印記；種族、人群、國家消失了，而書卻留存下去。書是和人類一起成長起來的，一切震撼智慧的學說，一切打動心靈的熱情都在書裡結晶成形。」文藝是書籍中最受讀者喜愛的，若是只給讀者帶來感官上的享受，而不能慰藉心靈，陶冶性情，甚至拯救改造讀者的靈魂，作家不如丟下了筆，改行從商吧！

生活在工商業社會的文藝作家，他的職責是要提供讀者優美眞摯的藝術作品，這才是富於營養的精神食糧。它可以幫助讀者認清環境、認清自己、提高他的信心，並且發揮其追求眞理的意志，和現實社會的庸俗習氣作鬥爭，進而消滅了它。文藝家不能得過且過，隨波逐流，甚至爲了迎合讀者的低級趣味而從事創作。

普列漢諾夫在分析藝術與社會的關係，曾說：「蘋果樹一定得結蘋果，梨樹一定得結梨……一個墮落時代的藝術一定得墮落，這是不可避免的，你生氣也是枉然。」我覺得普列漢諾夫的悲觀論調是錯誤的。文藝家有理想有抱負的話，他絕不會改變其崇高的志向，堅持優美真摯的藝術方向，一定會扭轉現實社會的不良風氣。

有一首歌曲問得好：「是我們改變了世界，還是世界改變了我和你？」文藝家會開創出美的天空、美的世界。

資深演員

香港報載：由上海電影製片廠攝製、上海影視公司協拍的故事片《夢非夢》即將推出，主題揭示一位偉大母親的愛心。由七十歲的秦怡、八十歲的劉瓊主演。不少著名作家、電影評論家看了試片，都忍不住悲痛的淚水。連一向板著凝重的臉，不會哭的陳荒煤看過影片，也掉了好幾次淚。

我不是有意爲這部影片作宣傳，而是從秦怡、劉瓊兩個老演員身上，聯想起臺灣電影何以不重視資深演員的問題。好像只有剛冒頭的二十多歲的演員吃香。過去我在圓山橋畔碰到老演員龔稼農，他向我發牢騷，誰也不找他拍戲，好像他是七老八十的老翁。不客氣地說，七十歲的秦怡，八十歲的劉瓊若是住在臺北，哪家電影公司能請他倆擔任主角拍戲？

四〇年代末期，我在廣州來澎湖前看過《國魂》。劉瓊飾演文天祥，蓬首垢面，盤腿而坐，四壁蕭然。主題歌徐緩揚起。劉瓊坐在囚室，以嚴肅莊穆的聲音朗誦他的〈正氣歌〉。雖然是充滿哲理的詩稿，而且劉瓊在囚室坐著講述，這麼苦燥的表演，卻從他那兩隻充滿信心與正氣的眼波，給予我終身難忘的回憶。一個偉大的表演藝術家，他的演技是通過長時期的藝術修養而來。他的爲藝術獻身的精神，是電影界寶貴的傳統和財富。我們絕不能漠視具有貢獻的老演員們。

臺灣是春天的寶島，因此年輕的歌手、明星、詩人、記者、小說家最受歡迎。他們吃香的、喝辣的，走到哪兒都有一群青少年請他們簽名。資深的、年過半百的歌手、明星、詩人、記者、小說家，若是性格剛直，那只有蹲在家裡挨餓了。這是商品化造成的文化現象。怪不了誰。

黑格爾的《美學》上有這樣精闢的見解：

> 通常的看法是熾熱的青年時期是詩創作的黃金時代，我們卻要提出一個相反的意見，老年時期只要還能保持住觀照和感受的活力，正是詩創作的最成熟的爐火純青的時

期。以荷馬的名字流傳下來的那些美妙的詩篇，正是他晚年失明時期的作品。我們對於歌德也可以說這樣的話，只有到了晚年，到了他擺脫了一切束縛和他的特殊事物之後，歌德才達到他的詩創作的高峰。

畫家齊白石

齊白石生於一八六三年，原名純芝，字渭清，後改名璜，號白石。湖南湘潭人。當他成爲享宇名海的書畫家、篆刻家時，依舊充滿思鄉之情。他有一首詩：「兒時牛背笛，歸去弄斜陽。三里濠邊路，藤花噴異香。」另一首詩說：「年少厭聞難再得，葡萄蔭下紡紗聲。」可見星斗塘故居當年有葡萄架，而且附近還有藤花呢。

齊老年輕時曾離開舊居，在相距十公里的茹家冲租屋，名曰「借山吟館」。有齊老的題畫詩爲證：「白屋兩間雙山下，黑雲作樹墨能舍。筆端大雨傾銀銀，太息不能洗兵馬。」大抵後來老人賣畫稍有積蓄，擴大重修爲三間房，右邊加一耳房，那就是「寄萍堂」，時在一九一〇年。

據〈白石詩草二集自序〉記載：

予年四十，友人相招，始遠遊；至宣統己酉，五出五歸，半天下，遊興盡矣，乃造借山吟館於南岳山下。

齊老在這兒居住，夜以繼日埋首作畫、讀書、刻印。他早期著名的山水畫「借山圖」數十幅就是在此完成的。他聽人家說若學好刻印，必須將一擔石頭磨成石漿才行。齊老憑著這種質樸的精神，拼命工作。他曾自述：「刊後復磨，磨後又刊，客室成泥，欲就乾，移於東復移於西。」齊老刻印極多，他曾刻過「三百石印富翁」的章，常用於自己畫作上。民初南北軍閥混戰，湖南地方盜匪四起，有時齊老還出外逃難，苦不堪言。他在〈白石詩草二集自序〉中寫道：

……風聲鶴唳，魂夢時驚，遂吞聲草莽之中，夜宿於露草之上，朝餐於蒼松之蔭。時值炎夏，浹背汗流，綠蟻蒼蠅共食，野狐穴鼠為鄰。殆及一年，骨如柴瘦，所稍勝於枯柴者，尚多兩目，而能四顧，目睛瑩瑩然而能動也。

齊白石在農村長大，與質樸善良的農民爲友，因而他終身具有勤勞節儉的美德。同時他年輕時飽受軍閥混戰的痛苦，「六軍難壓小兒啼，白日鳴雷肚裡饑」，後來到了北平，懷中終日掛著一串鑰匙。家中一切瑣事都管，連大米白麵都親自鎖起來，這是受了戰亂的影響吧。

抗戰勝利，齊白石積蓄的一捆鈔票，在通貨膨脹情況下，眼看變成廢紙。他多年作畫賣的錢，以心血換來的錢化爲烏有。從此老人再也不將鈔票存進銀行。先將賣畫得來的鈔票買成黃金，然後在書房牆壁挖數孔，把金子放進去，再用磚頭堵上它。這是衆所週知的趣事。

齊老生活簡樸，捨不得浪費一文錢，甚至剩下的食物也留作明日再吃。五〇年代初期，齊老的義女、著名評劇演員新鳳霞去拜望他。

> 老人從懷裡摸出一長串掛在胸前的鑰匙，親自打開一個中式古老的大立櫃，從裡面拿出一盒盒的點心給我們吃。但是他不知道，這些點心大部份已經乾了、硬了，有些點心上面已經發霉長毛了。（見《新鳳霞回憶錄》）

齊白石質樸厚道，他家住屋後面有一個用磚砌成的神龕，裡面有一個牌位，供著老人結髮妻子。每逢初一、十五，齊老都要去燒香膜拜。齊老的看門的老尹，禿頭、矮個兒、孤老頭子、曾作過遜清的太監。齊老不付工資，每月定期給他幾幅畫，尺寸也是講妥的。齊老過世後，老尹賣畫發了一筆小財。

齊白石具有我國農民的傳統思想感情。他作過木匠，愛好音樂，即使到了老年，興趣來潮，他還當眾以雙手比劃吹笛，用濃重鄉音唱小調：「一位姑娘七十七，再過四年八十一……
……」他想起兒時生活，熱淚盈眶。他說小時自己做過一管笛子，竹皮上鑲著貝殼花紋，兩頭用長約寸許的白牛角鐫成。還綴上彩縧子。他愛若至寶。曾有人願付兩擔米向他換，齊白石搖頭不幹。後來這管笛子在抗戰中被日本鬼子燒了。

齊白石是我國偉大的畫家，他五十七歲以後定居北京，在藝術上常和陳衡恪相切磋，推崇徐渭、朱耷、原濟、李鱓及吳昌碩等。齊白石六十歲後，畫風遽變，重視創造，融合傳統寫意畫和民間繪畫的表現技法，形成獨特的藝術風格。擅長花鳥蟲魚，筆墨縱橫雄健，造形簡練質樸，色彩鮮明熱烈；齊白石並善於將闊筆寫意花卉與微毫畢現的草蟲巧妙地結合一起。他亦畫山水、人物。論畫有「妙在似與不似之間，太似爲媚俗，不似爲欺世」的卓越見解。

齊白石年逾九十，還能作畫。有時李可染、黃苗子等畫家去拜訪他，臨走，他一定送一幅畫，再拿鑰匙從箱中取出兩毛人民幣，一人一毛，作爲車錢。這就是中國農民質樸誠實的性格。

齊白石於一九五七年病逝北京。

海風起兮

曾在澎湖住過的朋友，都知道風季出門非常困難，走在路上，風吹得你無法前進。若用豫劇中一句滑稽戲詞形容，最爲貼切：「走兩步退兩步等於不走」。強風有時捲起飛沙烟塵，走路幾乎難以睜開眼睛。那風的聲音如歌如誦、如泣如訴、如哭如嚎，你幻想誰和你說話就是誰和你說話。

亞洲大陸北方氣溫低，每年深秋後凝聚的廣大冷氣團，一波又一波朝東南方海面移動，空氣因流動成爲強烈的風。這股強風掠過臺灣海峽之間的澎湖群島，使六十四個島嶼的農作物造成嚴重損害。尤其是冬季，想吃新鮮蔬菜實在困難。民國三十八年我初到澎湖時，冬季最常吃的是粉條煮南瓜、黃豆燉肉。

澎湖風季大抵從中秋節後開始，直到翌年三月。約有一百三十八日。風季使澎湖的婦女變成蒙面女俠；風季使田野間用硓砧石砌成畫盤式的防風牆；風季的海島風景壯觀，海峽的浪花湧泛出百合怒放的大地。

我在小時候沒見過眞正的海洋，只是在圖片、電影或歌曲中瞭解海的浩瀚和澎湃景象。初到澎湖，我只要看見白浪滔滔的畫面，我便唱起小時在濟南學的一首歌：

呼呼呼呼，
潮漲起海風；
呼呼呼呼，
風狂浪濤湧。
前浪推來，後浪推去，
奔馳勢洶洶。
一波掀起，
直立如高峰；

一波伏下，
水底現蛟龍。
浪來浪去，拍著兩岸
澎澎澎！

雖然海島生活寂寞，我仍覺新鮮有趣。少年不識愁滋味，每逢假日，常和幾個愛好文學的朋友，在海邊喝米酒、嚼花生米，談最近上演的柯靈舞臺劇《夜店》，談歷史劇的創作方向；有時爲了意見不同發生激辯，甚至吵得面紅耳赤。我們年輕人的幼稚病，回憶起來感到十分有趣。這些文學朋友有的已病逝，有的住在臺灣，有的還在風沙料峭的澎湖群島。四十多年在歷史的長河是短暫的刹那，但它在一個人的生命里程卻佔著重要的時空位置。我每逢看見浩瀚無涯的大海，總會想起那些當年在澎湖的星流雲散的朋友。

記得公演《夜店》是在冬天的晚上。這齣話劇是從蘇聯作家高爾基的劇本《下層》改編過來的。三十八年三月中旬我隨山東流亡學生路過湖南衡陽，曾看過《夜店》故事片。演員有童芷苓、石揮、張伐、石羽等人。某部政工隊演出以前曾對劇本作了一部分的刪改。當時劇本從送審到公演僅有二十多天，演出後效果不錯。作家戴良在卸妝時對我說：「我演了七八年戲，只有演《夜店》覺得過癮。」誰知公演三天，便宣布禁演。我感到非常驚愕。客觀評論這件禁演案，我們也不能責備主管人員矯枉過正。當時既喊出「反共抗俄」的口號，我們是不適宜採用這個俄國作家的劇本，同時它含有爲勞動人民訴苦，對剝削階級的高利貸和囤積商鞭笞與抨擊的主題。但是話又說回來，凡是看過《夜店》的觀眾，包括工人、店員、軍官和戰士，並沒有受到負面的政治影響。甚至還有不少觀眾感動地說：「這兩年臺灣實施耕者有其田，就是爲了改善這些窮人的生活。」

那時我尚未滿二十歲，是一個文學愛好者。偶爾在報刊上發表一二篇散文，便喜不自禁，掏出僅有的一點微薄的工資請文學朋友下小館、看電影，甚至渡海去離島遊山玩水。當時後面有不少人指指戳戳，撇著嘴說：「這是一群神經病！」

寫文藝、演話劇在達官政客心目中是邪門歪道，不登大雅之堂。在一般人的觀念，男女戲子生活浪漫，臺上談情說愛，臺下摟在一起啃嘴、鑽防空洞野合。每次演戲，總有一些無聊的人私下議論：哪個女的跟誰睡過，哪個男的日過哪個女的。言之鑿鑿，好像他們曾親眼看見一樣。想起小時候在北方農村聽過：「書房、戲房，日×的地方。」這若是翻譯出來給外國文藝工作者聽，他們不笑得岔氣才怪哩。

早在一六二二年，荷蘭殖民主義者便在澎湖建立軍事基地，但是英勇的澎湖漁民並不屈服，僅在一年時間，荷蘭強盜便被我同胞趕走，竄至臺灣西南沿海地帶。澎湖群島的魚產豐富，鰹、鯊魚、鯖、鮪、槍魚、沙丁魚，以及貝殼類等最多。漁民的人數約佔百分之八十以上，所以西班牙殖民主義者曾將澎湖稱作 Pescadores，意即「漁民」。島上土壤貧瘠，而且缺少水源，農作物僅有甘藷、花生。遇到強烈的風季，若是船隻不能航行，澎湖則會發生物資匱乏的難題。

四十多年前從廣州搭濟和號貨輪來澎湖的五千多名流亡學生，編成兩個步兵團。水土不服，營養不良，僅是患痢疾死亡者就有五十餘人。其他夜盲症、關節炎、皮膚病也很普遍。防區司令李振清曾指示那些領導學生的幹部，副食品應多買雞蛋和鮮魚。他常以濃重的山東臨清口音，講順口溜：「身體強壯能走道，體格強健不花眼，多吃雞子兒(雞蛋)多吃魚。」

一年後，長白師範學院師生從海南島渡海到了澎湖，有關單位指定他們住進停泊在馬公外海的一艘報廢的華陽艦上。有一天，我去看望一位朋友，竟然驚動了軍憲警聯合稽查處，派了多名幹員追蹤，唯恐我有不軌行為。我只在艦上吃了一頓午餐。聽見長白師院學生唱歌解愁，我卻不禁熱淚盈眶。

遼河的水呀松花江的浪，
一樣的遙遠一樣的長。
孩子們呀孩子們呀，
母親在呼喚你……

後來，幹員大抵見我面黃肌瘦，手無寸鐵，褲帶掖著一册剛出版的《野風》雜誌，鬆了一口氣。據事後獲悉，當時有一位好心眼的幹員還怕我蹈海自殺呢。

其實我絕不會自殺，那是懦弱的表現。當時我對於戲劇有一股濃烈的感情。馬驪珠、李環春、李桐春，甚至臺北來的顧正秋、張正芬演京劇，每場必看；駐澎部隊、工廠演話劇我是基本觀眾。有時我還在馬公《建國日報》寫劇評文章，而且還有點名氣，說出來不覺臉紅。

有一位山東蓬萊籍業餘話劇演員C和我很好，他的演技、演員修養水準高，通讀過《斯坦尼拉夫斯基表演體系》，從理論到實踐都不錯。在無數月黑風高夜，他和我吸著紙煙，坐在海岸流淚，談理想。C表示懊惱跑到這塊荒島，像蘇武一樣，有家歸不得。我曾勸他放棄這種不切實際的想法，要向前看，先將自己鍛鍊成一個有用的材料，像易卜生所說的，那才會對社會人群作出貢獻。

不久，C患了失語症，成了啞巴。

部隊領導人員開會研究，如何使這個僞裝的啞巴說話。因爲任何人也難相信演員成爲啞巴。我忝爲C的朋友，也被勒令到會場參加討論。一位名叫王清風的無錫籍軍醫，首先提出病因。這種病是大腦言語中樞病變引起的言語功能障礙。分爲運動性失語和感覺性失語兩類：運動性失語表現爲不能說話，或說話有錯句、錯音等，但能聽懂別人的語言；感覺性失語表現是對別人的說話完全或部分不能理解，但自己有說話的能力……正在這時，一位首長唬地站起來，不耐煩地說：「該下課了吧？咹，王醫官，今天討論的目的，咹，怎麼樣讓假啞巴說話？是用文的，咹，還是武的？蔣主任有句話：士兵是現代的聖人。咹，對待現代聖人要客氣，不能打，咹，最多關幾天、餓他幾天，咹，讓他覺悟，別裝啞巴。有什麼辦法讓他張嘴說話？趕快提意見。咹？……」你一言，我一語。一人一把號，各吹各的調。既無結論，C還是啞口無言。

那時，我是師作戰處軍委四階繪圖員，微不足道的角色，到師野戰醫院看病、治沙眼、割包皮，護士小姐總以「衞生眼珠」瞄我，講話也是官僚主義：「脫褲子！把屁股撅起來！」在會場上，我沒有發言的權利。若是准我講話，我的語言是「一言九鼎」：「他是假裝啞巴。他想離開澎湖，脫掉二尺半，到臺灣去！」

領了薪餉，我買了奶粉、麥片、橘子和一簍新鮮雞蛋去野戰醫院精神病房去看望C，剛進門，一名女護士板起晚娘面孔：「去，去，婦產科在東大院！」我理直氣壯說出C的病床號碼。她冷笑說：「啞巴又沒坐月子，你送這些東西幹啥？」我故意吃她豆腐：「他吃、你吃還不是一樣？」晚娘氣得擂起拳頭，倒像《水滸傳》上的孫二娘：「趕快走！神經病！」

C躺在病床上，看朱生豪翻譯的《莎士比亞全集》，他見到我，熱淚盈眶，無言以對。我不管他，只低聲把剛才和女護士的一場舌戰，作了簡要報告。C搗嘴偷笑。臨走，C強迫我把奶粉帶回，我像收到退稿一樣悻悻而返。隔了半月，我帶了水果、蛋糕去看C。一進門，孫二娘朝我冷笑：「同志，你來看啞巴是不是？跟我去軍法處找他，行唄？」我聽了發愣。孫二娘氣咻咻說：「你們寫詩的、演戲的，不是無病呻吟，就是風花雪月，我簡直把你們看透了！」我掏出筆記本速記她的話。「什麼意思？你記下來我也不在乎。」我告訴她，她的金玉良言，可以作爲文藝家的一種警惕。孫二娘把嘴一撇：「文藝家？我的親大媽吔，差一點把我肚子的肉絲麵吐出來，哈哈！」

雖然孫二娘瞧不起寫詩的、演戲的，但是走了一位局長、團長或廠長，群眾也許漠不關心，像投進大海的一顆石子，連聲音幾乎都聽不見；走了一名話劇演員，他飾演的角色曾讓成千上萬的觀眾在心底激盪，如今C潛逃，許多漁民、工人、店員、軍官和戰士都議論這件事，到底啞巴爲何而逃？逃向何方？

起初，C逃到高雄，做了一家民營廣播電臺播音員。後來他想念澎湖，回到此地做小學教師。C思鄉心切，每逢佳節倍思親，他淚灑胸懷，甚而嚎啕大哭！六〇年代初，他和洪灣村一位農家姑娘相戀結婚。爲了參加C的婚禮，我請了一週事假，買了一套西服衣料，搭民航機飛抵馬公。他的幸福就是我的幸福。結婚成家，C可能不會再想家了。

自從開放大陸探親，首先使我關懷的則是住在澎湖的C。二十年過去，彈指一瞬間。我寫信談起可以繞道香港返回內地的事，但是連去兩封信，卻無回音。我想C或許遷居他處。適巧一個老朋友前往澎湖採訪漁業近況，我託他順便去洪灣村看望C。朋友回來，卻帶回讓我悲痛的消息，C在去年春節期間自縊身亡！他的妻子早於十多年前因難產而死，後來C患白內障，兩隻眼睛先後失明。C並不氣餒，求生意志仍很強烈。有一度他擺卦攤，爲人算命卜卦，而且生意還很不錯。誰知當C聽到准許回大陸探親消息，卻一時想不開，竟然尋了短見。這怎不使我黯然神傷呢？

浮士德的眼睛失明後說出第一句話：「眼矇矓，心地更光明。」其胸懷何等曠達而樂觀。爲啥C自殺呢？這是懦弱的不敢面對現實的表現。我怨他、恨他、不諒解他；後來才恍然想起浮士德並非血肉之軀，他只是詩人歌德幻想中的一位智者而已。想到這一層，我不由地啜泣起來。

俄國盲詩人愛羅先珂有一首詩，我只記得其中的五行：

是土撥鼠的命運？
太陽照射在它的身上，
它的眼睛便瞎了。
當春天來臨，
它卻癱死在地上。

三年前，我懷著無比興奮的心情從臺北飛抵菲律賓棉蘭佬島，接任一所華文中學校長。帶來的是數箱常看的書籍和足夠的稿紙。我發誓忘卻過去苦痛的往事，睜大眼睛，觀察新的事物，採擷鮮活的文學題材，像A・紀德《地糧》中所說的：「讀這濱海的沙是如何柔和是不夠的，我要赤著腳體驗它！」

三寶顏三面環海，走在防波堤上，看到浩瀚無垠的大海，悠然憶起澎湖的風季景象，烟沙瀰漫，讓人睜不開眼；那位曾因想家而哭泣卻愛上了澎湖，最後長眠在島上的C的音容笑貌，栩栩如生展現眼前。淚眼迎風，我朝向北方高聲呼喚：故國親人們哪，別來可無恙？

太陽升起時

近看文學家傳記，發現不少著名的詩人，從少年時期便流露出驚人的才華。普希金上中學時，有一次老師出了一個作文題「日出」。有個學生搜盡枯腸，僅寫出一句「大自然的主人從東方升起」，便再也擠不出第二句了。可是普希金卻迅速而毫不思索地寫道：

眾百姓又驚又喜，
不知該怎樣才好，
起床呢？還是躺在被裡？……

從此可以看出一個詩人的豐富的聯想力，是和一般人截然不同。當時普希金雖然才是十

二、三歲的孩子，他卻能從「日出」，聯想起「眾百姓」以既驚且喜的心情，迎接新的一天；但是爲了貪戀溫馨的被窩，卻產生猶豫心理，不知是起床呢？還是再朦朧一會兒？

這位俄國十九世紀的文學巨匠，他在青年時代卽展現出奔放的詩情，他寫作的靈感，宛如石子撞擊鐵塊，隨時迸射出絢麗奪目的火花。

文思在腦中奔騰，
輕快的詩韻絡繹而來，
手指渴望掌筆，筆渴望親紙，
一會兒——就揮寫出許多行來了。

這種卽興寫作，完全要靠作者的文學素養。我國古代的詩人，時常擊鉢吟詩，這就是卽興創作，如果他的文學素養太差，或是思維不夠敏捷，他是難以卽席吟出優美詩句的。

少年時期住在濟南，上作文課時，老師常以濟南名勝大明湖、千佛山或豹突泉爲題，讓我們來寫。這雖是假日時常遊逛之處，一草一木，一山一水，都異常熟悉，但是把它具體地用詩歌或散文描寫出來，卻不是一件容易的事。

抗戰前，韓復榘當山東省主席。某日，他帶了護兵馬弁，暢遊泉城名勝。爲了展露他的文才，每到一處，韓復榘都吟一首打油詩，傳爲趣談。豹突泉是小清河的發源地，泉內池水清洌可口，有三支水管，泉水從管內湧噴而起，成爲景觀。濟南人常說「豹突泉的三股水」，就是這個緣故。其實這算不了什麼景緻，不過那清澈見底的泉水，沖流著那碧綠的水草，不論春夏秋冬，終年湧冒著雪白的浪花，著實令人陶醉。

韓復榘的詩，是這樣描寫豹突泉的：

豹突泉，泉豹突，
三個眼子一般粗，
骨突骨突骨突。

凡是到過趵突泉的人，看了這首打油詩，一定捧腹大笑。別看粗俗不堪，但卻是很寫實的。

千佛山在濟南城南五華里左右，古名歷山。酈道元《水經注》稱：「山上有舜祠，山下有大穴，謂之舜井。」傳說舜曾在山麓耕種，這是牽強附會的話。不過山上雕鑿的佛像，頗有文物保藏價值。到了秋天，滿山楓葉如火，確爲這座泉城憑添「一城山色半城湖」的詩意景緻。韓復榘這首描寫千佛山的詩，實在讓人噴飯。

遠看佛山黑鴉鴉，
上面小來下面大。
有朝一日倒過來，
下面小來上面大。

大明湖是濟南三大名勝的首位。杜甫、李白、李邕、曾鞏、李清照等著名詩人，都在此留下佳句。我覺得清朝俞琰的詩，可以概括了大明湖的風貌：「一泓碧水開明鏡，三面青山列翠屏；逕曲綠迷高下樹，橋迴紅簇短長亭。」這個湖中種植不少蘆葦，因而遊船沿著蘆葦之間划行，非常幽靜有趣。遊客不但欣賞了蘆花翻白、蓮花盛開的景色，有時還會發現綠色的蛤蟆，在翠綠的荷葉上追逐嬉戲的情景。韓復榘的這首詠大明湖，即是看了這番景象，即興吟出的打油詩。這讓我們山東人用家鄉話唸起來，格外有味。

大明湖，明湖大，
大明湖裡長荷花。
荷葉上面有蛤蟆，
一戳一蹦躂。

韓復榘雖是一介武夫，但是他這首詩卻寫得十分精彩，這是由於他對自然景物觀察入微，所以才寫出如此傳神寫實的詩句。陸游曾說：「詩思尋常有，偏於客路新」，這句話是告訴詩人與藝術家們，要走出書房，到大自然去，到社會人群中去觀察、生活，如此才會創作出優美眞摯的作品。

山東傑出的詩人辛稼軒，他在南宋官場上並不得意，但他寄居贛東一帶山村，曾親身體驗到樸素勤儉的農家生活，這對於他的文學創作有了突破性的發展。看看辛稼軒寫的這一首詞，作者的心境已完全溶化在自然中了。

我見青山多嫵媚，
料青山見我應如是，
情與貌，
略相似。

——〈賀新郎〉

辛稼軒畢竟是一個才氣橫溢的詩人，他愛國愛民，允文允武，他在艱難的政治環境中，想開創作一番事業，但是他卻受到阻礙，不能盡情施展他的理想與抱負。於是，辛稼軒到了江西上饒的鄉村，度過了晚年退隱生活。

萬事雲煙忽過，
百年蒲柳先衰。
而今何事最相宜？
宜醉，宜遊，宜睡。

早趁催科了納，
更量出入收支；
乃翁依舊管些兒；
管竹，管山，管水。

——〈西江月〉

也許我是山東人，對於這位先輩詩人有著濃重的崇敬感情。他的文學造詣和對社會國家貢獻，比起那位終日在女人堆裡鬼混的李後主，眞有天壤之別！他瞭解國家的處境，和黎民百姓共呼吸，因此他的詩作不是風花雪月、兒女私情，而是描繪出祖國山川的壯麗，人民群眾的歡樂與哀愁，以及一個幹部的「以國家興亡爲己任，置個人死生於度外」的人生觀。

從事文學創作，我們認爲不僅具有濃烈的情感，而且也應具備客觀的現實，這兩者是矛盾的，但也是統一的。舉個例證來說：「月是故鄉明」，它是一個人的主觀情感，如果以科學的態度去探索它，它是不正確的；「塞水不成河」，則是通過觀察而獲得的客觀的事實。只有將主觀與客觀統一起來，這才是我國樸素的詩的風格。

早在一千多年以前，劉彥和在《文心雕龍》中便探討詩人屈原的作品。他說「酌奇而不失其眞，翫華而不墜其實」，這就是主觀與客觀、浪漫與寫實的結合現象。

展望我國幾千年的文學遺產，猶如長江大河，浩浩蕩蕩，這怎不引起咱們中華兒女的驕傲？

談「懷鄉文學」

從蒼茫而迢遙的嫩江流域的科洛鄉間，越生的信穿過萬水千山，越過臺灣海峽，最後終於送到我的手中。他的信中向我索取幾册舊作，藉以瞭解我的生活情況。

四十二年前的春天，我揹著一捲行李，臨離開家門時，曾俯在床前輕吻越生的疲弱的面頰。那時他剛滿六歲，家母病逝，無人照料，因此越生尙未入學。他像被人遺忘的一隻小狗，整天在屋後小河旁捉蜻蜓、抓螞蚱，等玩累了再回家啃窩頭、喝稀粥。臨走，我噙著眼淚低聲說：「兄弟，你好好睡吧。等哥哥回來，你就長大成人了。」誰知四十二年後的今天，我卻收到越生的全家福相片：一個年近半百的小老頭兒，旁邊坐著一位鄉村婦女，兩個聰明可愛的男孩、女孩，站在他倆身後，向我傻笑。淸瑩的淚珠流在手背上，最後順著蚯蚓般的靑筋滴在那泛黃的相片上，我嘴裡不停地嘀咕：「天哪，這不是做夢吧！」

是的，這是事實。自從海峽兩岸的親人可以通信以來，積留在心底的思鄉情感，如今逐漸獲得紓解，宛如渡過漫長的冰雪封凍的冬天，而今已經看到了春天和陽光。近來從海峽兩岸的文學評論文章中，常見「懷鄉文學」詞彙。經過思索研究，我才明白這些所謂評論家把四十年前從大陸來臺的思鄉作品，定名「懷鄉文學」，它含有嘲弄貶低的意味。這是我們最不能容忍的一件事。

在中國歷史的長河，四十年是短暫的一瞬間；但是哪個朝代有相隔如此久長的民族分離、親人失散呢？文學作品既是現實社會生活的具體反映，那麼用筆來寫出自己骨肉離散、手足分別的痛苦感受，這有什麼不可呢？莫非你們讓我們忘卻過去，滿足於現實的繁華氣象，陶醉於「暖風吹得遊人醉，直把杭州作汴州」的溫柔鄉麼？

正因如此，我們覺得以懷鄉情結作文學創作的題材不僅巨大，也是空前。不客氣地說，臺灣到現在尚未出現過比較超水準的懷鄉題材作品，這是不可諱言的事實。

對於所謂文學批評家也者，我向來抱著敬鬼神而遠之的態度去對付他們。因爲他們不從事文學創作，甚至也不懂文學創作，由於他們在臺灣或外國學習了一些文學評論知識，便按圖索驥爲文學作品評論起來。這種拆字論命似的批評家，作家是絕不吃這一套的。

也許你覺得我的話稍顯情緒化些，其實不然。這是我通過三十多年親身體驗的總結。早在三〇年代，自胡適之先生回到北平，傳播「大膽的假設，小心的求證」起，文化界便受到了不甚正常的誤導，不少知識分子總以爲「遠來的和尚會唸經」。從此這批飄洋過海的洋和尚便佔領了文化陣地，作了文學批評家、藝術批評家。這便是所謂學院派的來源。

魯迅是不吃這一套的。他在〈答北斗雜誌問〉裡，堅決不相信中國的所謂「批評家」之類的話；但他卻主張學習文學創作的朋友，「看看可靠的外國批評家的話」。魯迅所以反對中國的「批評家」，想是由於這些留學西方國家的人，學習了人家一點皮毛，便生吞活剝用它來評論中國文學作品，既不合乎情理，也不貼切，所以它是難以讓作家信服的。最惱人的，由於少數所謂學院派「批評家」的不良影響，卻給我國文壇造成是非不明、混淆不清的現象。這實在是非常可惡的一群文化渣滓。

在從事文學創作的生涯里程中，我是非常幸運的人，因爲我在尚未受到批評家的思想污染前，便已摸索著走上文學之路。馬公的冬天寒冷、多風。每天晚上，我獨自走到海邊，迎著海風引吭高歌，等唱累了時鋪上手帕，坐在碼頭上聽海潮激盪，看漁火閃爍，故鄉的親人面孔隨著起伏的波濤湧上腦際，我的眼淚不由地流了下來……回到宿舍，擰亮了檯燈，開始習作起來。

托爾斯泰說過：只有當詩人「沈醉於感情中」時，才能「使詩人找到關於那幾個唯一正確的字的唯一正確的安排方式」。托氏這句經典哲學是通過自身創作所體會而來的結論，它對於我是感受至深的。若是當你執筆時，心神恍惚不定，卽使擠出一點感情也是乾癟無力；當你內心充滿濃烈情感，則文思如同長江大河，一瀉千里。

溫室中成長的花草，固然枝葉鮮嫩，氣味芳香，但它卻經不起風霜嚴冬的襲擊；同樣的，只是像銀鼠一般困守在書房與圖書館的學院派作家，他的文學作品是有局限性的，因爲它無法反映出大時代的脈搏與廣大群衆的歡樂與哀愁。

我國自五四新文化運動以來，古老封閉的中國在短暫的七十年內，經歷了翻天覆地的變化，竟然走過西方國家數百年的歷程。回顧七十年來，多少先進的知識分子領袖，通過了大浪淘沙的洗禮，像康有爲、梁啓超、嚴復、章太炎、陳獨秀、周作人等人，都淹沒在洶湧的波濤中；可是仍有不少傑出的弄潮兒，卻從驚濤駭浪中湧現出來。「沈舟側畔千帆過，病樹前頭萬木春」，只有緊跟著大時代的浪潮邁進，才會永遠站立在時代的前列。

因此，我對於那些陶醉在校園中的學院派作家，終日在泛黃的講義堆中沈睡的書獃子是看不起的。相反的，我對於那些具有濃烈的生活氣息的作家作品，我是永遠懷著尊敬的心情去讀它、研究它，因爲那裡面才有現實的知識的滋養。這也是我尊敬沈從文勝過梁實秋的原因。

大抵從六〇年代起，臺灣文壇便被商業化所污染。我看到少數作家，爲了成名成家，不惜使用廣告戰術，加速腳步跨進文壇。後來，我不幸患了精神衰弱症，長夜漫漫，不能入夢。我獨自步出家門，走到碧潭旁坐下來。看夜空的繁星，聽魚兒躍出水面的聲響。燃上一支香菸，思想起自己從事文學習作多年，迄今一事無成。繼而湧出懷疑念頭：「莫非我走錯了路？」想著、想著，我禁不住掩面而泣。

爲了掩飾我的自卑感，同時也爲了抵制文藝商品化，我從七〇年代起，曾使用司徒海、秋風、孟凱、紀畏、冷夢等筆名，寫了八年的散文。這裡面包括雜記、隨筆、遊記及速寫。

有的散文發表之後，拿起來瀏覽一遍，覺得索然無味，便隨手揉成一團，扔進字紙簍去。每逢想起此事，總會浮出得意的微笑。

我自認比那些滿足現實的陶醉者聰明，因爲我畢竟還能認清自己。近幾年來，海峽兩岸確有極少數文學界的狂人，他們把自己的詩或小說視作「偶像」，而妄圖將自己寫進「文學史」，這是新《儒林外史》，還是讓後代的讀者去評說吧！

高爾基說：「不要把你自己所做成的東西，靴子、椅子、書本子，當成偶像。」高氏的這句話是告誡作家和詩人，文學作品並不比其他物品高貴，如果忘卻這句普遍眞理，那便會走火入魔，讓作家和詩人成爲狂妄的瘋子。我國古代所謂「書中自有黃金屋」、「書中自有顏如玉」的說法，那只是鼓勵青少年愛惜光陰，加緊努力而已。其實這是兩句極端謬誤而違反科學的話。

我的文學習作有個難以改正的壞毛病，一是亂看雜書，二是即興寫作。這個毛病從二十歲起便已養成，日復一日，年復一年，到如今雖已將近耳順之年，依然如故。若是用文藝的描寫，我的文學創作生活宛如螢火蟲的屁股一樣，亮一下，黑一下，亮一下，黑一下……亮的時刻代表我亂看雜書，黑的時刻代表我默聲習作。天若有情，請庇佑我少病無災，讓我再多活二十年，寫出比較夠水準的文學作品；因爲我有滿肚子委屈與牢騷要向你們傾訴啊！

北望雲天，在那遙遠的風雪籠罩下的嫩江科洛鄉間，我那自小失去母愛的胞弟越生，你可知我爲思念你而流淚嗎？

只緣身在此山中

最近抽空赴阿里山一遊，在那海拔二千三百多公尺的高原，看蔚藍色的天空，飽覽青葱的原始森林，心中感到無比的舒暢。那日上午遊姊妹潭途中，遇到一陣小雨。我走到湖中涼亭避雨時，卻碰見摯友明復法師。他面色紅潤，目光炯炯，他的健康情況比六年前還進步些。茫茫的山雨，宛如一串串的珍珠，灑在那清澈見底的綠波之間，發出一陣沙沙的碎響，就像明復法師的富於哲理的話語一般動聽。臨別，他懇摯地贈送我一句話：「不要忘卻自己。」

「不要忘卻自己」，這話說來容易，做起來卻是艱難。古今的知識分子，在他仕途得意之日，大多半飄飄然忘卻自己。清朝乾隆時期，徐述夔的小說《八洞天》中，曾記載那時的知識分子中舉之後，普遍要實現四個願望：

起他一個號，
刻他一部稿，
坐他一乘轎，
討他一個小。

是啊，一個士子通過「學而優則仕」的路，卻搖身一變，成爲駕凌群衆之上的特權人物。身分不同，得取個別號；爲了附庸風雅，也得刻一部稿；出門坐轎，以示闊氣；如今當了官兒，家中的黃臉婆帶不出門，當然得討個小老婆，享受一下溫柔鄉的生活。試想這些官僚組成的政府，怎麼能眞正和民衆打成一片？這種專門利己的思想，如何能做到爲民衆服務？過了將近兩世紀，孫中山先生教導青年人要立志作大事，不要立志作大官，大概就是要導正這種落伍的觀念吧。

小時候，住在荒僻的魯西的農村，常聽一些諷刺「撇京腔」的故事。傳說有一位農民讀了兩年書，覺得山東話並不好聽，想進京城學習「京話」。他離家以後，他的妻子一天到晚以淚洗面，盼星星、盼月亮，苦等了丈夫兩三年，始終沒有訊息。在一個月色皎潔的晚上，她正在油燈下紡棉線，聽得外面有敲門的聲音。

「外頭是誰？」她嚇得心口噗噗直跳，輕聲地問。

「是我——呀！」門外有人在撇北京話。她聽了一愣：「百年鐵樹開了花，他回來了！」等她打開了門，發現丈夫揹著小包袱，春風得意出現在門前，她禁不住親昵地說：「爲啥這麼晚了才到家，害得俺想你好苦。」

「我一時高興啊！」他又來了一句京腔。

妻子擦著熱淚，興奮地說：「孩兒他爹，你先洗一把臉，俺去灶屋給你下一碗荷包蛋，行唄？」

這位仁兄往椅子上一坐，撇著北京話笑道：

「那是當然啦！」

這位樸素而又愚笨的鄉親，爲了忘掉那在他覺得難聽的土腔，從此之後像中了魔似的，一天到晚嘴裡只撇這三句京話，其他話一概不說。

不久，縣裡發生一件人命案。縣太爺審訊了不少嫌疑犯，即使百般拷打，也是枉然。這天縣裡衙役把這個「撇京腔」的農民，也抓走了。縣太爺升堂以後，輪流審問，等把他押上大堂，縣太爺還是那句老詞兒：「說，這場人命案是誰幹的？」

「是我——呀！」這句流暢的北京話，像電波似的傳進在場鄉親耳朵裡，使人感到一陣震顫痙攣。

縣太爺心中大喜。板著威嚴的面孔問道：「你爲啥殺人？是爲了財，還是爲了色？說。」

「我一時高興啊！」

縣太爺大怒，一拍驚堂木：「大膽，你知道殺了人得償命麼？」

他臉不變色心不跳，京腔撇得格外順暢悅耳：「那是當然啦！」

那時我還是天真未鑿的孩子，聽罷這個故事，起初跟著大人們笑過一陣，接著卻帶來無邊的煩惱與憂愁。我實在爲這位撇京腔的鄉親叫屈、同情，他死得真是太冤枉了！他死了以後，他的妻子得哭到何年何月才止住眼淚？想前想後，我禁不住偷偷掉下了淚。

這位屈死的前輩的影子，在我腦海浮映了數十年。當初，他也許是抱著純潔的目的，背井離鄉，千里迢迢跑到北京去學「京話」；但是他不應該忘卻家鄉方言，只是撇那三句「京話」，最後才釀成了意外的悲劇。我進而悟出一個人要飲水思源，不可忘本，即使有了一點成就，也不要得意忘形，亂翹尾巴。明復法師所謂「不要忘卻自己」，大約就是基於這個道理吧。

南宋偏安時期，不少從北方來的官吏，在春光明媚、草長鶯飛的江南，貪圖享樂，卻忘記失去土地的恥辱。詩人林升，在其〈題臨江驛〉詩稿中，概括描盡了當時南宋軍民及時行樂的景象：

柳外青山樓外樓，
西湖歌舞幾時休。
暖風薰得遊人醉，
直把杭州作汴州。

這首傳誦千古的詩，描繪出臨安城內的歌舞昇平景象，不少人陶醉在溫柔鄉裡，忘掉他的故鄉、親屬，忘掉那被敵人踐踏的北方的原野。這不僅是一首偉大的詩稿，而且是喚醒南宋軍民的號角啊！

大抵古今中外傑出的文學家或藝術家，他的願望絕不會像徐述夔所寫的，一旦功成名就以後，則立刻感到身分不同，物質慾望隨著「水漲船高」；相反的，他們依然保持著澹泊的思想，過著簡樸的生活。

果戈里成名以後，依然謙虛嚴謹，辛勤創作，他說：「一個作家，應該像畫家一樣，身上經常帶著鉛筆和紙張。一位畫家如果虛度了一天，沒有畫成一張畫稿，那很不好。一個作家如果虛度了一天，沒有記下一條思想、一個特點，也很不好……」

如果一個想角逐民意代表的候選人，他能夠堅持為民服務的諾言，一旦當選之後，思想澹泊、生活簡樸，絕不會忘卻當年支持他的選民，這才是理想的民主政治，同時這也會為國家、為人民帶來無盡的幸福。

然而，我們也常遇見另外一種人，他年輕時期，滿懷救國救民的熱情，他將范仲淹的兩句格言，「先天下之憂而憂，後天下之樂而樂」作爲治世座右銘。但等他一旦當上了縣長、廳長或是部長，他的抱負與熱情，便逐漸冷卻下來，最後縮進那狹小的蝸牛殼裡去，而理想、願望也脫胎換骨變了！他的生活圈，如今越來越小，從辦公室到高爾夫球場，從機場到東京、紐約、巴黎或倫敦；那往年的同學、鄰居、選民及廣大的同胞，卻一天比一天疏遠了他。是啊，這和兩百多年前清乾隆時期的官場人物，陶醉在坐轎、討小老婆的庸俗慾望中，又有什麼兩樣呢？

泰戈爾說：「你能向別人借來知識，但是不能向別人借來性格。」這段富於哲理的話，正如同我國十七世紀偉大畫家石濤說的「我之爲我，自有我在」一樣。如果一個知識分子只管埋頭苦讀，像《儒林外史》的范進一樣，一旦當官之後，他的不健全的性格與氣質，是不會爲社會人群帶來幸福的。

憶羊令野

羊令野最近因病逝世，內心非常哀痛。近年他在永和養病，我曾看望過他。五年前我返山東探親，路過南京還順便在黃家爲他捎回一雙棉鞋。我去菲三載，回來曾掛電話給施良貴兄，知道他記憶力衰退，縱有滿腹詩情，恐也難以執筆寫作了。這是文學朋友最苦惱的結局。

羊令野原名黃仲琮，詩人、書法家。我認識他是在民國四十三年秋。那時他風華正茂，談笑風生，任職駐防嘉義的七十五軍軍報社社長。嘉義有一家「六春茶館」，近似北方四合院，明窗淨几，茶葉芳香，瓜子花生也極可口。每去嘉義，羊令野總是邀我在那兒相聚。他的文學修養深厚，談話詼諧而且幽默，最使我心折的他有寬濶的心胸，誠懇的待人態度，因此和他在一起，確有如沐春風般的享受。不過說起來讓我臉紅，當初我並非爲了磋磨學問而和他接近，而是懷著一個不可告人的目的。那時我有位女友在他屬下作編輯。每次到嘉義作蜻蜓點水式的約會，情感毫無進展，陷於膠著狀態。我接近羊令野是由作家翟牧介紹的。與羊令野相交，將來可把女友託他照顧，排除外來男子的追求，這只是我主觀而幼稚的想法。我從未告訴羊令野，他當然也毫不知情。後來，女友回南部結婚。次年，看羊令野的詩集，有一首題爲〈蝴蝶結〉的情詩，妙極。仔細玩索，字裡行間，終於看出詩人所欣賞的頭髮梢上掛蝴蝶結的女孩兒，竟是我昔日的女友。我旣懊悔且遺憾，若是羊令野早將這內心祕密吐露給我，絕不致兩敗俱傷。那時羊令野三十剛出頭，適婚年紀。他以詩情培養愛情，自然美滿幸福。我的條件遠不如羊令野，何況當時的發展情勢，正是「剃頭挑子——一頭兒熱」，而我只是半睡半醒而已。

民國四十七年秋，我和蘭梓在風沙料峭的澎湖訂婚。當時任何文友皆不知道，我只通知了詩人羊令野。他立卽寫了一個條幅作爲賀禮：「橫槊掃澎湖，筆花生五彩。忽逢白衣使，情意深如海……」他捧得我過高，讓我臉紅心跳，所以未敢裱褙懸掛，藏於書櫥中。日久天長，早已不知去向。這是我對他引爲歉疚的一件事。卽使羊令野健在，恐怕他也早已忘卻這件往事。

羊令野是一位質樸而熱情的詩人。他做事不驕不躁，耐心聽取他人意見，但卻擇善固執，顧全大局，這是文學朋友難得的美德與修養。縱然過了不惑之年，往昔老友兒女繞膝，而他依然孤家寡人。有一次會面，羊令野的和藹可親的臉上掛著笑容，操著皖南味的普通話對我說：「你知道麼，彭邦楨離婚，現在正跟美國女詩人熱戀，本席連一個女友也沒有。不患寡而患不均。不革命怎麼行？」說畢，他拊掌大笑。羊令野樂觀、瀟灑走了一生。

那時我離家隻身住在臺北。白晝案牘勞形，晚間在宿舍埋首寫作。營養不良，氣色不好，別人都說我像小老頭兒。一日，在中華路文藝活動中心飲茶，羊令野問我身患何病？我告訴他近來睡眠少，用功過度，因而腹脹、厭食、精神恍惚，我已三日沒解大便了。他聽罷扭頭而去。不久氣吁吁轉回來，從衣袋掏出一包粉紅色的藥片，很認眞地對我說：「這種日本便祕藥，最有效。這可不像你們山東大力丸。老張，先吃一粒，不到半個鐘頭，肚子就會咕嚕咕嚕……」我原是神經過敏的人，別人向我介紹任何藥物，我皆抱懷疑心理，何況當場服藥？但是我抵不住羊令野的熱情，別說是治病的藥丸，卽使是巴拉松毒藥，我也要立卽吞進肚去。果然，服藥後十分鐘，我竟然進廁所排洩了糞便。

和詩人羊令野相處近四十年，聽他讚揚過不少詩人和作家，卻極少批評他人的缺點，這是值得我學習的優美品質與修養。他曾在《創世紀詩刊》三十週年紀念號上，以「江山數峰清苦，商略黃昏雨」的詩句，讚揚詩人張默堅持不輟，經營詩刊的犧牲精神。羊令野說：「無私、無我，本是詩人度世本色，也是廁身今天社會中亟需的修持，可是世人多半在自私唯我上相爭不已。」他這些樸實無華的哲語，每逢讀起來，總像在勸誡於我。羊令野做文學工作，既不結黨營私、自立山頭，也不藉詩人之名而招搖過市。他默聲地編詩刊，默聲地寫詩，也默聲地練習書法。他主編的「詩隊伍」曾在《青年日報》副刊問世數年，團結了海內外的詩人，也培植了不少詩壇新生代。每次遇到他，總見他挾著一卷詩稿，忙得頭暈眼花，別人暗自笑他，而他卻怡然自得。看到羊令野的熱心編詩刊的可愛神情，我就聯想起黑格爾《小邏輯》中的話：「一個志在有大成就的人，他必須如歌德所說，知道限制自己。反之，那些什麼事都想做的人，其實什麼事都不能做，而終歸於失敗。」羊令野確實實踐了黑格爾的哲言，他在擔任總政戰部王永樹將軍的祕書時，雖然向他討教的將星雲集，可是他卻依然一派詩人本色。有時低聲朝我訴苦：「不行呀，老張。若是這樣案牘勞形，我將來恐怕連李白、杜甫都忘記了。」

六〇年代，正值國軍新文藝運動蓬勃的時刻，一小撮從西方撿回來的文學破爛兒，在文壇大發利市，矇騙讀者。而少數急功近利的文學青年，搖旗吶喊。我既覺得氣憤，卻又徒呼奈何。從事文學工作，我和羊令野都是質樸而老實的人。我們絕不敢強不知以爲知。有一日，我禁不住對他說：「過去數十年來，我們只打倒軍閥，何以不敢與學閥、文閥抗爭？」羊令野充滿信心地說：「文章千古事，得失寸心知。只要努力耕耘，不愁沒有收穫。你甭激動，這些小販搞不出名堂，甚至出不了校園。你們山東人有句諺語，秋天的什麼蝗蟲哩。」我修正他的諺語：「秋後的螞蚱，蹦躂不了幾天了！」

羊令野爲人寬厚，雖過清苦生活，但是花錢請文學朋友喝酒、吃飯，或是印詩集、買書刊，他卻異常慷慨。羊令野是文學朋友的孟嘗君，幾乎每日都有食客。每次會面，他總拉我去下小館，爲了遷就我的口味，酸辣湯、羊肉蒸餃，或是牛肉燴餅。有時我帶幾包英國三炮臺香烟給他吸，他吸一支，苦笑：「我對這種外國烟，並無好感。還是臺灣長壽烟好。長壽，長壽，連烟名也取得讓人高興。」

六年前，我赴香港旅行，從中共《人民日報》海外版副刊看到安徽詩人劉祖慈〈致屋頂之樹〉，副題是「兼呈現居臺灣的同鄉詩人羊令野」。詩的形象思維可喜，技巧亦甚圓熟，不過與事實不符，帶有過度的主觀與偏見。其中寫道：

你，
本屬於土壤。只是只是
為一場狂風所裹，
播遷於屋頂。
你，屋頂之樹。
……
你，
終將下來，也終會下來
歸落於泥土。

我們可親可敬可愛的詩人羊令野歸落了！作爲他三十年的文友，我噙著滿眶熱淚要爲他作證：羊令野愛詩愛文學愛同胞愛國家，他一輩子拿筆拿槍甚至拿著酒杯昂首站立中華民族的土地上。他從未放風箏上屋頂坐飛機也沒出國。詩人祖慈先生，你的詩寫得好，但卻有悖史實，羊令野不是「屋頂之樹」，臺灣廣大文學朋友甚至連我在內也不是「屋頂之樹」。

如今，羊令野軀體歸落於泥土，他的靈魂卻歸落於我們的心坎裡。

大陸通俗文學一瞥

從中國大陸經濟改革開放以來，人們追求現實利益，在文化需求上講求消遣、娛樂，因此通俗文學成爲廣大群眾歡迎的讀物。這是大陸四十多年罕有的文化現象。

通俗文學向來爲文學評論家不屑一顧的，他們總對它存著偏見，認爲它低俗、難登大雅之堂；特別是一些所謂學院派的作家，躲在象牙之塔內，研究艾略特、分析西方現代文學作品，卻總是對於通俗文學採取不聞不問，任其自生自滅的態度，這是非常錯誤的觀念。客觀地說，通俗文學在中國大陸應該興旺發展，毛澤東的「延安文藝座談會上的講話」具體意見，通俗化、大眾化便是重要的一環，而實踐通俗化、大眾化的有效方法，則是推行通俗文學。趙樹理的《李有才板話》、《小二黑結婚》，這種讓農民大眾熟悉易懂、喜聞樂見的小說，便是通俗文學。但是，文學評論家卻絕不肯照顧現實、肯定現實，卻依舊不提通俗文學這個詞彙，彷彿通俗文學永遠走不進「純文學」的藝術殿堂。

著名的通俗文學研究學者鄭振鐸在一九二九年曾說：

> 到了現代……筆記、傳奇、評話等的短篇，以及「佳人才子書」的中篇小說固已沒有重興的可能，即章回體的長篇，也已到了它的末運。不再有復活的機會。

鄭振鐸的預言，確實沒有兌現，但是過了六十年後的中國大陸，通俗文學幾乎形成氾濫的景象，這是任何人也不敢想像的事。

在八〇年代中期的大陸，通俗文學作品不但數量多，品種也非常齊全：紀實小說、歷史小說、偵探、武俠、間諜、愛情、科幻、黑幕、市井、鄉土、鬼怪……通俗刊物的發行量更是驚人，最少的有十幾萬份，多則百萬，甚至達到四、五百萬份的數目。一九八五年，《山海經》、《啄木鳥》、《民間文學》、《今古傳奇》等刊物都超過一百幾十萬份，《故事會》四百萬份，甚至連廣西柳州的一家地區刊物《柳絮》也發行了幾十萬份，這實在是新時期大陸文學新現象。

魯迅說過：

> 文藝本應該並非只有少數的優秀者才能夠鑑賞，而是只有少數的先天的低能者所不能鑑賞的東西。倘若說，作品愈高，知音愈少，那麼推斷起來，誰也不懂的東西，就是世界上的傑作了。[1]

這是文學工作者值得深思的話。文學作品應當照顧讀者，擴大通俗文學的創作隊伍，將通俗文學的品質提高，如此才能繁榮文學的園地。

通俗文學在八〇年代的大陸興旺起來，有其具體原因。一是改革開放爲通俗文學建立了興旺條件，二是長期文學爲政治服務造成讀者對「純文學」的厭倦心理，進而促成對通俗文學的熱愛。

---

❶ 魯迅：〈文藝的大衆化〉。《魯迅全集》七卷。

通俗文學的收穫畢竟是很豐碩的。一九九〇年五月十二日，由「大眾文學學會」舉辦的首屆「大眾文學獎」，獲獎的作者、作品包括：

浩然長篇小說〈蒼生〉，特等獎。

顏廷瑞長篇小說〈莊妃〉、星顯長篇小說〈錢莊風雲〉、馮育楠長篇小說〈津門大俠霍元甲〉、劉紹棠長篇小說〈柳敬亭說書〉、繆曉陽、張暉長篇小說〈旅人蕉〉、黃建中中篇小說〈五三四號證婚人〉、張仲中篇小說〈龍嘴大茶壺〉、王宗漢中篇小說〈齊寡婦的桃花運〉。

出版這些通俗文學小說的責任編輯，不但獲獎，而且出版上列長中篇獲獎小說的「北京十月文藝出版社」、「春風文藝出版社」、「北岳文藝出版社」、「百花文藝出版社」、「湖南文藝出版社」、「彩雲雜誌社」、「解放軍文藝出版社」、「中國故事雜誌社」，也分別獲得作品的出版獎。從此可見這是一個比較隆重的頒獎。

獲獎的浩然，原名梁金廣，他是文革時期最紅的小說家。他的長篇小說〈艷陽天〉、〈金光大道〉我曾細讀與評論過，這已是二十年前的事；劉紹棠是五〇年代崛起的小說家，曾經消匿一段歲月，這兩個河北籍的純文學作家參加通俗文學的創作隊伍，是一件喜訊。這樣才可以使通俗文學的品質逐漸提高。

在通俗文學小說方面，我看過的歷史長篇〈神鞭〉、〈括蒼山恩仇記〉、〈大刀王五〉、〈燕子呂二〉，以及海岩的〈便衣警察〉、胡萬春的〈情魔〉、陳譔的〈夜幕下的哈爾濱〉、柳溪的〈金壁輝外傳〉、劉紹棠的〈風流之女〉、馮驥才的〈義和拳〉等通俗小說，水準都不低，可讀性亦高；尤其楊大群的數百萬字〈關東演義〉，氣勢雄偉，具有民族歷史精神，值得一讀。

有的大陸文學評論家把王朔的小說列爲通俗小說，值得商榷。通俗文學並非低俗，「純文學」也有低俗作品，這是任何讀者肯定的事實。當前中國大陸、臺灣、香港以及海外華文作家，有些打著純文學的旗幟，作著低俗、商業性的生意，這種「掛羊頭、賣狗肉」的卑劣行徑，明眼的讀者自會分辨清楚，毋需我們去指明它。因此在通俗文學的前進道路上，首先要清除這些魚目混珠的贗品，否則它對我國文學有不良的阻撓作用。

由於通俗文學的暢銷、繁榮，同時也把「純文學」壓得喘不過氣來。八〇年代中期，大陸上優美眞摯的文學小說，根本沒有銷路，代替它的是通俗文學作品。據南京一所中學圖書館統計，一年之中，借閱文學名著小說的人數爲零。《悲慘世界》、《茶花女》、《復活》無人問津，甚至有的中學生連中國古典小說《紅樓夢》也不知道。《人民日報》有一篇隨筆這樣寫道：

> 一個書商還拿出一則小品文，嘻皮笑臉地說：「名著不這樣改改書名，上不了我們的架子。」我接過一看，是一大串「易名錄」。如《三國演義》——《鐵哥兒們》，《水滸》——《孫二娘和她的一百多個男人》，《西遊記》——《神妖大廝殺》，《紅樓夢》——《女兒國祕聞》……❷

當廣大的讀者遠離了「純文學」作品，「純文學」作家只有乾瞪眼，生悶氣。他們看到個體戶一個個發財，成了萬元戶。這種「腦體倒掛」的現象，確實嚴重地打擊了文學作家的

---

❷ 張雨生：〈文學名著的失落〉。一九九〇年七月二十三日《人民日報》副刊。

士氣。

「著書都爲稻粱謀」，這不是庸俗的話，而是實事求是的話。當作家從政治的束縛中解放出來，拿起筆桿從事文學創作的時候，卻一無出路，二無讀者，你想他們內心是多麼苦悶、失望！這些高級知識分子在苦悶之餘，便看武俠小說，這更促進了通俗文學作品的蓬勃發展。

八〇年代，大陸的高級知識分子迷戀武俠小說，大有人在。著名作家聶紺弩狂迷武俠，曾詩贈香港武俠小說作家梁羽生：「酒不醉人人怎醉，書誠愚我我原愚」，從而窺出這位資深作家的苦悶心境。許多知識分子相聚一起，常有「開篇不談金梁古，讀盡詩書也枉然」的浩嘆。金梁古者，就是武俠名家金庸、梁羽生、古龍。

《人民日報》記者王政報導說：

> 有的知識分子抱怨「活得沒勁兒！」……他們驚喜地在武俠小說的大哭大歌中找到一條痛快淋漓的宣洩渠道。如屢蒙詬辱、滿世皆謗，但終於欣逢奇遇，練就不世武功來

除奸揚善的楊過與令狐沖，足以使他們一吐憋屈、神清氣爽。……有的知識分子則活得太累。超負荷的工作，匱乏的營養，沒完沒了的家務死死的纏住他們；還要努力把人做圓乎一些，在人前麻木了笑神經，背著人則有一肚子倒不出的苦水。但就算圓滑到頂，也未必換來天降大任於斯人，反而異化了自我。於是，日覺卑微可憐、卻仍不敢反其道而行之，張揚個性，活出一個轟轟烈烈來。真有股子「我將狂笑我將哭，哭始欣然笑慘然」的悲涼，而這悲涼只有在讀到俠義英雄為人格與尊嚴不惜生死相搏之時方能稍稍散去。他們的歌哭狂笑終於找到了寄托之所。❸

我在這裡指出一個事實：中國大陸高級知識分子喜愛武俠小說，把金庸、梁羽生、古龍捧爲偶像，並非只這三人才有深厚的文學造詣，而是通過四十多年的文藝政治化的影響，大陸上根本沒有武俠小說作家或作品。這如同大陸八〇年代初期的瓊瑤熱、三毛熱是同樣的

❸王政：〈書生之情寄於書〉，副題「知識界武俠小說迷心態初探」。刊《人民日報》一九八九年三月四日。

道理。若是過去四十多年，大陸在通俗文學上放寬限制，讓有些小說家去創作武俠小說、言情小說，那一定給通俗文學留下比較豐富的作品。

我覺得輕視通俗文學是無濟於事的。攻擊、謾罵也不會發生效果。魯迅曾爲通俗文學作過辯護，他說：「我相信，從唱本說書裡是可以產生托爾斯泰，弗洛培爾的。」我同意他的見解。但是如果作者描寫性犯罪或聳人聽聞的內幕小說，只是刺激讀者，專門爲銷路而創作的通俗文學，那是文學的墮落，也是道德的淪喪。

一九八九年四月二十六日北京《光明日報》第三版，刊登一則「人民文學出版社最新圖書」廣告。廣告上出售下列「現、當代文學」書：陳桂棣的《裸者》、多人的《當今十大奇案》、《安全部特派員》、穆時英的《白金的女體塑像》、羅愷嵐的《誘惑》。從這個賣書廣告可以看出通俗文學已經淪爲「庸俗文學」了，這是值得重視的文化問題。

張資平這個人

五四新文化運動以來，新文學作家猶如過江之鯽，有的翻雲覆雨，興風作浪；但大多數的作家，隨著歲月的運轉，已使讀者們逐漸忘卻了他們的名字，張資平便是其中的一個。

提起張資平的文名，早在三〇年代，他便是文壇上的一個風雲人物。他的長篇三角戀愛小說《沖積期化石》、《上帝的兒女們》、《飛絮》、《苔莉》，不知風靡了多少的讀者，尤其是年輕女孩子最崇拜他。三〇年代，上海的《大公報》刊出一篇題爲〈張資平在女學生心中〉的文稿，曾有下面的記載：

他雖然是一個戀愛小説作家，而他卻是一個頗為精明方正的人物。並沒有文學家那一種浪漫熱情不負責任的習氣，他之精明强幹，恐怕在作家中找不出第二個來吧。胖胖的身材，矮矮的身子，穿著一身不合身材的西裝，襯著他一付團團黝黑的面孔，一手裡經常的挾著一個大皮包，大有洋行老板公司經理的派頭，可是，他的大皮包內沒有支票賬冊，只有戀愛小說的原稿與大學裡講義。

這段評論與對他速寫的文字是很貼切的。張資平從少年起便展現出「精明強幹」的能力。他五歲讀《論語》，八歲讀完《詩經》，九歲那年進入塾館。因爲他家境清苦，他那位中過秀才的父親東拼西湊，終於將他送進了美國教會辦的廣益中西學堂，從此才接受了新的教育。張資平小時營養不良，身體甚壞，但他的功課極好，每次皆考第一名。他在廣益中西學堂畢業後，考進師範學校，爲了賺錢，半年後又考進高等巡警學校。

辛亥革命爆發，張資平以同等學歷的身分，考取留日。他在日本前後十年，獲取日本帝國大學理科地質學學士學位。同時，張資平發表了長篇小說《沖積期化石》，奠定了他的文壇上的地位。而且他和成仿吾、郁達夫、郭沫若四人建立了「創造社」。

張資平的《沖積期化石》是自傳性的作品，雖然稱不上是優秀作品，但卻是我國現代文學第一部長篇小說。這部作品描寫中國留學生和日本少女戀愛，那位多情的日本少女竟跳火山口自殺，因此它有感人的力量。這部小說之前，有一篇〈以詩代序〉，作者寫道：

真強者，不飲弱者之血。
真智者，不哂愚者之言。
五官常佔有空間最高之位置。
肢體的半數可以支持重大的胴體，
這是造物特賜之恩惠！
也是萬物之靈底特徵！
要不辜負這特賜之恩惠！
如何利用這種特徵，
未成化石之先，應常思念及底。

張資平回國之後，先後擔任技師、教授，但他一直勤於文學創作。一九二八年到了上海，一面教書，一面作書店老闆，同時從事長篇小說寫作。他在眞茹鎭蓋了一棟洋樓，命名「望歲小農居」，他在三〇年代成了名揚海內的作家，每年可完成四、五部長篇小說，名利宛如噴泉一般。

張資平爲什麼如噴泉一般高升呢？一句話，三角戀愛小說抓住年輕讀者的心。這是文藝商品化的成功範例。我不妨在此介紹他的代表作品《苔莉》，可見一斑。這部小說描寫一個青年追求一個有夫之婦的故事。青年大學生克歐，愛上了他的表嫂苔莉。其實苔莉只是他表兄的三妾而已。當時，苔莉心情落寞，需要克歐的靈與肉的安慰，兩人一拍即合，便同居了。後來，克歐的理性清醒，他才悟出走錯了路，如果只迷戀苔莉的肉體，那會影響他的前途。因而去和有聲望的商業學校校長的女兒訂婚。可是，苔莉捨不開他，他也對苔莉具有「剪不斷、理還亂」的愛情，最後兩人一同搭海輪去了南洋，在茫茫海途中一同跳海自殺。結束了這個戀愛悲劇。

因此，我們可以這樣批評他的作品，爲愛情而愛情，毫無社會教育意義，這是標準的商品化文學作品，完全是爲刺激讀者感官的享受，迎合讀者的低級趣味而寫的。這種愛情小說一直發展到今天，依然賣座不衰。

張資平的小說，曾受到文藝界的嚴肅批評。因爲他是「創造社」的成員。「創造社」的作家馮乃超在〈藝術與社會生活〉中說：「他（指張資平——引者）自從寫了一本暴露中國基督教信徒的內幕小說《上帝的兒女們》以後，一向不見有會心的名作，只給一般人描寫學生的平凡生活，小資產階級的無聊的嘆息和虛僞的兩性生活。他的任務在革命期中的中國社會當然會沒落到反動的陣營裡去。」馮乃超這種鬥爭式的批評，不僅張資平不能接受，連「創造社」的郭沫若也不表示同意，郭認爲要團結張資平，幫助他進步，如用這種爭吵式的批評則會分裂的。果然，張資平離開了「創造社」，作了一個自由的爲賺鈔票而寫作的小說家，他的作品的品質，已經江河日下了。

三〇年代，黃人影在〈文壇印象記・張資平訪問記〉一文中說：「我有幾個孩子，家庭的費用，一月差不多也要三百塊錢。在最近，我先拿《群星亂飛》寫完。《群星亂飛》是一部悲慘的 Romance，內容敍述一個少女受盡了社會的顚沛和經濟的壓迫，而淪爲舞女。寫她許多浪漫的故事。這部小說，我是比較用心寫的，我想出版後銷路一定很大，尤其是女學生會喜歡看它。」看啊，這是張資平的自白，他寫作爲了「女學生喜歡」，這卽是作者的「偉大的抱負」，夫復何言？

在日僞盤據下的上海，張資平辦刊物，拿日方津貼，他已寫不出長篇小說。一九三九年九月，日本駐滬副領事岩井英一組織「興亞建國運動」，張資平爲幹部之一。是年年底張資平隨岩井祕密訪日，受到阿部近衞樞密院議長、野村外相等人的接見。這個漢奸組織成立，張資平作了「文化委員會主席」。

我是在抗日戰爭末期開始接近新文學的。那時小學畢業，剛進初中，常在文藝報刊上讀到張資平的作品，記得曾在《大阪每日》雜誌，讀過張資平悼念他女兒的一篇散文，情感眞摯動人，直到四十多年後的今天，依然記憶猶新。那時，淪陷區有兩位著名親日作家，北平的周作人，上海的張資平，他們二人確實受到日人的重視。一九四二年十一月，日本舉辦「大東亞文學家大會」，便邀請周、張二人參加，可是他們兩人是否出席成爲歷史懸案。

抗戰勝利後兩年，我從大別山區回到上海，才知道張資平被判一年零三月徒刑，時爲一九四七年四月。不久，戰火瀰佈，從此我們再也聽不到有關張資平的消息。

張資平是廣東梅縣人，一八九五年生。他的知識豐富，精力充沛，他不但具有地質學專業知識，寫出不少科學論文，而且也是新文學作家；如果他不過分沈浸在鈔票之間，他是會創作出比較優美眞摯的文學作品的，這是無庸置疑的事實。正如泰戈爾的話，「有的鳥原該飛得更高、更遠，卻由於翅膀繫上了黃金，再也飛不起來。」張資平終身徘徊在商人與作家之間，他結果是竹籃打水——一場空。

張資平在五〇年代初，翻譯自然科學著作，並且教書。一九五五年六月被捕，後被判有期徒刑二十年。一九五五年十二月，這位三角戀愛小說家病死安徽勞改農場。

周作人的晚年

如果說三〇年代的作家魯迅是左派，那麼他的胞弟周作人則應列爲右派，周作人的學識淵博，縱貫旁通，他在當代文學史上是一個讓人爭議的著名作家，也是一個值得重視與研究的著名作家。過去，我常以民族抗日的感情抨擊於他，甚至對他那種迂獃、懶散的舊社會知識分子習氣感到厭惡；但是，通過對他的晚年作品的研讀與瞭解，我對這位現代新文學史上的巨匠，卻產生了新的認識，同時對於他那種對文學的勤奮致學的精神，發生了由衷的敬佩之情。

抗日戰爭時期，周作人在日僞盤據的北平，擔任「華北教育總署」督辦。民國三十四年十二月六日，周作人被政府拘捕，翌年五月專機解押南京，以「共同通謀敵國圖謀反抗本國」罪，處有期徒刑十四年。後改判十年。但是周作人只坐了三年零五十天牢，因到了民國三十八年一月底共軍過江，他卻稀里糊塗地被釋放了。

周作人是在當年八月十四日返回北平八道灣十一號舊宅的。他的故交鄭振鐸、錢杏邨見他生活無著，四處爲他奔走，但是因他作過漢奸，依然無法爲他安排工作。翌年，周作人藏書二萬多册充公，代價是把他兒子周豐一安排在「北京圖書館」當管理員。不久，中共「出版總署」署長葉紹鈞找他，叫他以隱姓埋名的原則下，可以爲「人民文學出版社」翻譯書籍。從此，周作人開始了勤奮的工作，那時他已是六十歲的老人了。

周作人精通英文、日文、希臘文，更具有廣博的文化知識與精湛的文學修養，他在晚年完成翻譯作品二十四部，包括希臘文學十七部、日本文學四部、俄國和波蘭文學三部，另有尚未出版的五部。這是周作人畢生最大的貢獻之一，這也給予我國文化史上留下寶貴的遺產。但是，在周作人生前，大陸上文化界誰也不知道周作人的勞動功績，因爲他的名字不准在印刷品中出現。

凡是讀過周作人散文的朋友，都會被他的詩意的文筆所陶醉。從民國三十九年起，他創作了大量的散文、雜文，發表在報刊上。可是，任何一個讀者也不知是他。他的筆名有申壽、十山、木仙、木壽、鶴生、榮紀、視生、龍山、祝由、持光以及他過去用過的仲密。他發表最多的是上海《亦報》。民國五十一年，天津「百花出版社」選了一批散文定名《木片集》，付印前夕，受到當局的制止，因而一直沒有出版。

同時，周作人還寫了許多傳記文學作品，追憶的人物，皆是文化界的名人，有章太炎、蔡元培、范愛農、劉半農、錢玄同、胡韵仙、沈尹默、戴望舒、孫伏園、徐錫麟、秋瑾、陳師曾等人。

這位我國新文學的巨匠，其勤奮不懈的精神眞是令人欽佩。李景彬在《周作人評析》中介紹說：

> 周作人晚年以病弱的身體，每天仍要堅持工作八小時以上。他的生活頗有規律。據周作人的兒媳張菼芳同志介紹說，他一般在清晨七時吃過早飯後便開始一天的工作：下午十一時許吃午飯，稍息片刻後（他沒有午睡習慣），於下午一時許又繼續工作；下午五時許吃晚飯，然後工作至晚九時許就寢。他的這一正常生活秩序一直維持到「文

革」期間被「打翻在地」之前。

這位勤勞一生的作家，他到了七十八歲的高齡，還應旅居香港的作家曹聚仁之約，寫了三十多萬字的回憶錄，前後寄稿九十多次，在《南洋商報》連載，後來由香港三育圖書文具公司出版，書名是《知堂回想錄》。周作人到了這麼大年紀，依然文思敏捷，說出非常清晰而客觀的話。他在這本書的〈後序〉上說：「從前聖王帝堯曾對華封人說道，『壽則多辱』，這雖是一時對於祝頌的謙抑的回答，其實是不錯的。人多活一年，便多有些錯誤以及恥辱，這在唐堯且是如此，何況我們呢？但是話要說回來，活到古來稀的長壽雖然並不一定是好事，可是也可以有若干的好處。」是的，如果周作人活不到八十高齡，他怎會留下這麼豐富而寶貴的文學作品？

王士菁在一篇紀念性的文章中，曾這樣記載周作人的寫作生活：

> 在我所接觸和訪問的許多人當中，周作人可以說最有學問的，也是記憶力最強的人。

……有時，我看到他脫下深度的近視眼鏡，埋頭查考細小字體的外文資料，鼻尖幾乎碰到了書本，專心致志，旁若無人，這種工作精神，總是令人為之感動的。……他的苦雨齋裡，一張不大的四方木桌靠在玻璃窗下，幾把硬背椅子放在兩旁，一個低矮的舊書架上放著他自己的著作，簡單到不能再簡單了，如此而已。除了飲茶之外，我沒有看到他還有什麼特別嗜好。……作為文學家，周作人是很有才能的；作為思想家，有許多方面則是很短視的。❶

王士菁最後的兩句話，非常中肯、客觀。我是口服心服的，因爲這是「凱撒歸於凱撒」的評論。

周作人比他胞兄魯迅小三歲，他的畢生文學業績和魯迅不分軒輊。周作人在晚年還寫了三本有關魯迅生平、創作的回憶與考證的書，它是《魯迅的故家》、《魯迅的青少年時代》

❶ 這是前年發表在香港一家報紙的文章，原題是〈我所認識的周作人〉。

❷、《魯迅小說裡的人物》。這些作品都是研究魯迅甚有價值的作品。

如果沒有所謂「文化大革命」，周作人還會多活幾年，更會創作出不少優美真摯的文學作品。那時他才八十一歲，不僅身體健康，而且思維敏捷，筆力千鈞，正是文學創作的巔峰時期。但是，他的悲慘的歲月來臨了。

> 從一九六六年八月二十六日起，周作人在寓所內屢遭批鬥。因他年老病弱已不堪一擊，採用的主要鬥爭方式是長時間罰跪。苦雨齋被查封，責令他在狹窄潮濕的洗澡間或廚房裡棲身，每餐只准以苞米麵粥果腹。……他屢次央求家屬設法弄安眠藥來，以求儘快了結此生。一九六七年五月六日下午四時，周作人終於走到了生命的盡頭，迷惑不解地離開了人世……周作人至死也沒有獲得公民權……❸

---

❷這冊周作人的作品去年曾被臺北翻印。一日，一位文友電話問我：「你寫的一本有關魯迅的書何以在臺大對面小書攤出售？」我聞訊後趕往買了一冊。這本書約十二萬字，文筆相當不錯，書面作者署名「張放」。想是那家出版社胡按了一個名字，卻按到我的頭上來，弄得我面紅心跳，宛如「癩蛤蟆」被天鵝趕出了池塘，只有悶聲偷笑，我還好意思公開辯白麼？

❸李景彬著《周作人評析》，一九八六年版。列爲「中國現代作家研究叢書」之一。

十五年前從北平跑出來的作家古錚劍兄曾告訴我說：「文革」初期，紅衞兵曾到八道灣十一號周宅抄家，抓到年逾八十的周作人毒打，周作人長子豐一及其妻子向紅衞兵跪地求饒，願以身代替挨打。周作人被毒打後血壓升高，送往醫院，三五日後卽去世。古錚劍還曾去醫院看過他。他的兒媳，豐一之妻張菼芳是一個中學教師，過去曾寫文章悼念周作人。豐一如果尙在人間，如今已六十五、六歲了。

魯迅生前雖然對周作人的思想見解不盡滿意，但畢竟是一母同胞，手足情深。若是魯迅地下有靈，聽到其弟的不幸遭遇，魯迅一定「橫眉冷對千夫指」，像阿Q一樣，吐一口唾液，狠狠罵一句「媽媽的！」

看完了周作人晚年作品，我不由地聯想起歌德、陸游、杜甫、托爾斯泰、辛稼軒等前輩詩人和作家，他們都是到了晚年才創作出不朽的作品。

黑格爾《美學》上有一段話，值得深思：

「通常的看法是熾熱的青年時期是詩創作的黃金時代，我們卻要提出一個相反的意見，老年時期只要還能保持住觀點和感受的活力，正是詩創作的最成熟的爐火純靑的時期。」

蒲松齡在群眾中

從十九世紀中葉起，民俗學在歐洲興起，它的工作方法則是所謂「田野作業」。研究者應該到民間進行訪問、採集與調查，掌握第一手資料，而絕不是只靠抄襲文獻中的現有資料。作爲一個文學作家，亦應如此去做，那他才會創作出優美眞摯的藝術作品。

我國著名的短篇小說作家蒲松齡，早在兩百多年前便作了「田野調查」工作，他將親身採集、調查得來的故事，通過體驗與廣博知識，寫成了《聊齋志異》。鄒弢《三借廬筆談》中有這樣的記載：

相傳先生居鄉里，落拓無偶，性尤怪僻。為村中童子師，食貧自給，不求於人。作此書時，每臨辰，攜一大磁罌，中貯苦茗，具淡巴菇❶一包，置行人大道旁，下陳蘆襯，坐於上，烟茗置身畔。見行道者過，必強執與語，搜奇說異，隨人所知。渴則飲以茗，或奉以烟，必令暢談乃已。偶聞一事，歸而粉飾之。如是二十餘寒暑，此書方告蕆，故筆法超絕。

蒲松齡為了採集、調查工作，竟然耗費了二十年的光陰，這種持久的耐力與恆心，怎是一般作家辦得到的麼！

關於蒲松齡在民間的傳說甚多。現在浙江一帶仍舊流傳這個故事：蒲松齡的面貌長得奇醜，和鍾馗相似，長著滿臉落腮鬍子。原本他考中了狀元，但是皇帝以貌取人，嫌他太醜，便不取他。蒲松齡懷著失望的心情，返回了故鄉。可是他在半途中，碰見了一位駝背大爺，給他講了馬駿（驥）飄洋過海到了羅刹國的故事。蒲松齡聽在耳中，記在心頭，回到山東淄

❶ 香菸傳入我國當在清初，稱作「淡巴菇」，判係西洋名。如今日本香菸仍叫「タバコ」，亦「淡巴菇」音。

川以後，便寫了〈羅剎海市〉。從此搜集一篇寫一篇，終於完成了《聊齋志異》。

同時，傳說那個神話般的「駝背大爺」，還教導他採集民間故事的方法，那是「甜酸苦辣」四字訣：

甜，是嘴要甜，對人要和氣，稱呼要好聽，「男女老少都接近，故事多得寫不贏」！❷

酸，是心腸酸，說故事的人傷心，搜集故事的人就得流淚，「要是長了木頭心，故事哪能動人心」？

苦，有兩重意思：泡壺苦茶給講故事的人喝，給他潤喉；另外還要做到：「十冬臘月不怕冷，大暑炎炎不怕熱，無衣無食不怕苦」！

辣，也有兩重意思：備烟給講故事的人抽，幫著他思索；另外寫故事該辣的地方要辣，不要怕傷人，辣了能醒人！

傳說蒲松齡果眞按照「駝背大爺」的指示，聽了一輩子故事，也爲讀者聊了一輩子故事；也許天下的故事實在太多，卽使蒲松齡寫了一輩子也沒寫完，因此他死的時候一隻眼始

---

❷贏，山東方言。寫不贏，卽「寫不完」、「寫不盡」的意思。

終睜著。

我們可以肯定地說，這個傳說確是荒唐可笑。那位「駝背大爺」根本是虛構的人物。但在十七世紀，蒲松齡能夠接受我國采風的傳統，自覺地從事調查採集工作，實在是令人欽佩的文學業績。至於他創作的「甜酸苦辣」的爲採集而創作的理論方法，直到今日仍有參考學習的價值。

蒲松齡採集民間故事，不僅具有群眾性、鄉土性，而且更富於民族意識。我們讀《聊齋志異》，絕不僅是得到一些鬼、狐的神怪故事，而是從作品中汲取到我國十七世紀山東地方文學、風土、人情的全貌。蒲松齡通過「田野作業」擷取的現實材料，「歸而粉飾之」，寫成了《聊齋志異》等光輝的作品，他的名字將如同司馬遷、吳承恩、施耐庵一樣永遠活在我們的心中。

蒲松齡之孫蒲立德在《聊齋・書跋》中，具體地供述出蒲松齡當初從事創作活動的勤勞情景：「而於耳目所睹記，里巷所流傳，同人之籍錄，又隨筆撰次而爲此書。其事多涉神怪；其體倣歷代志傳；其論贊或觸時感事，而以勸以懲。」我們從這段供述可以看出作者寫作《聊齋志異》的材料，有兩個來源，一是書面來源，一是口頭來源，後者才是創作的鮮活材料。從《聊齋志異》一書，我們可以證明作者曾廣泛地接觸過各階層的人，包括官僚、地主、市民、農民、士子、小工業者。因此蒲松齡的作品具有廣泛性和代表性。

據近年來發現的新材料，當初幫助蒲松齡採集民間故事的朋友，「年畫張」的功勞最大。「年畫張」原名張翰，字子羽，山東濰縣人。此人懂得文學，精於年畫繪製，是清朝有名的年畫商。他每年搜集畫稿、購買雕版木材，來往姑蘇、揚州多次，都得路過淄川，因此「年畫張」時常替蒲松齡搜集故事，有時也爲他修改。據記載，有一次「年畫張」給他講了三個故事，帶了兩篇搜集稿，一共有五個故事。由此可見蒲松齡對於搜集創作材料，眞是煞費苦心。

高爾基說過：「不知道口傳的民間創作，就不能知道勞動大眾的眞實歷史。」我們認爲從事文學創作，應該注意採集來自民間的知識、經驗與學問，然後加以整理、加工，才會有益於社會人群，同時給中國文學留下成果。否則，中國文學仍是一片空白。試看當代的新文學作品，無論詩歌、散文、小說和戲劇，富有民族風格內容的作品，永遠受到讀者的喜愛，而那些充滿西方氣息、帶著艱澀的歐化風格的舶來文學，只供城市一般虛浮青年作爲座談會上的論文材料，這些作品是經不住時間考驗的。因爲它的內容沒有通過作者的親身體驗，或是採集來自民間的口頭創作。世上的人都珍愛原始的作品，因爲它眞實、樸拙而可親，誰願在自己客廳掛上畢卡索的複製品的畫？

正因爲蒲松齡接近群眾，在爲期二十年的漫長歲月裡，每當他寫作《聊齋志異》感到文思枯竭，便丟下筆，煮一鍋綠豆湯給南來北往的人解渴、休息，說故事。他聽了故事，再回房去寫作，那文思則如同泉水般地湧冒而出了❸。蒲松齡關心農民疾苦，他和人民共生活，同呼吸。清康熙四十三年淄川先澇後旱，餓殍遍地，蒲松齡和鄰居鄉親一塊逃荒，寫出了大量的作品。這都是反映民間疾苦的作品，將永遠流傳下去。

❸ 這是迄今流傳在遼寧金縣的有關蒲松齡的軼事。清朝以來，山東農民不斷移民東北墾荒，這則傳說有它的眞實性。

垃圾文藝

在自由開放的社會，最惱人的則是黃色讀物氾濫。它腐蝕青少年的身心。近幾年來，中國大陸的城市，也面臨黃色書刊充斥的現象。春節時上海查禁的影片卽有《港女春夢》、《上海灘大少爺》、《舞廳殺手》、《東園黑幕》等，從片名可以預知那些影片的內容。這種「文藝商品化」的作品，在我看來，它和垃圾一樣，因此我們可以稱它「垃圾文藝」。

「垃圾文藝」的特徵有四：

1. 它是粗製濫造的。
2. 它是刺激讀者感官，吻合大眾低級趣味的。
3. 它如同汽水拉罐一樣，用過卽扔。
4. 它給讀者的心靈造成污染，也給社會製造更多的垃圾。

近兩年來，我們常見臺灣各地鄉鎮的同胞，爲了抗議附近的工廠排放濃煙或污水，給他們身心健康或作物帶來污染或危害，不惜聚眾圍堵工廠，或是頭繫白布條，坐上汽車，浩浩蕩蕩趕到主管機關抗議。這種民眾團結自覺的表現，不僅證明國民教育水準的提高，同時也體現了臺灣步向了民主化的道路。但是，我冷靜地想：當前臺灣的城市鄉鎮的書店和報攤，到處陳列著邪門歪道的黃色書刊，它使廣大青少年的身心受到心靈的污染，也給原來髒亂的環境製造了更多的垃圾，爲什麼沒有一個人出來提出抗議呢？難道咱們的同胞都是傻瓜？不懂得「垃圾文藝」使千千萬萬青少年的身心受到嚴重傷害？

這大抵是「垃圾文藝」所以暢銷的最大原因吧。

也許有人說：咱們白天忙碌工作，好不容易熬到假日休閒日子，隨便摸一本消遣刺激的書，讓頭腦換點新鮮空氣，眼睛吃一點冰淇淋，這有啥關係？何必叫咱再看那些硬梆梆的教條主義的文學作品，多累啊！

在「周瑜打黃蓋」，一個願打、一個願挨的現況下，邪門歪道的黃色書刊，是永遠無法取締淨盡的；既有供給與需求的現象，所以黃色讀物永遠有它的市場。

我國著名的政治家和文學家，對於黎民百姓的悲痛疾苦，卻是非常關心的。范仲淹爲岳陽樓撰文，若是一般的文人墨客，拿起筆來，只歌頌山川壯麗、風光嫵媚；但是范仲淹卻在讚美湖光山色時，筆鋒一轉，卻扯到「先天下之憂而憂……居廟堂之高，則憂其民，處江湖之遠，則憂其君」，這種憂患意識，不僅是中國知識分子修身之道，也是以天下爲己任的負責態度。

作爲一個知識分子，當他拿起了筆，如果只想爲自己的名譽和鈔票而寫作，那是悲哀的事、自私的事，也是非常可憐的事；世間三百六十行，行行出狀元，何苦要作這種損人利己的「垃圾文藝」創作者？

抗戰爆發第二年冬，梁實秋先生接編《中央日報》副刊，他上任時發表一篇〈編者的話〉，他說：「我老實承認，我的交遊不廣，所謂文壇，我就根本不知其座落何處，至於文壇上誰是盟主，誰是大將，我更是茫然。」又說：「現在抗戰高於一切，所以有人一下筆就忘不了抗戰。我的意見稍有不同。與抗戰有關的材料我們最爲歡迎，但是與抗戰無關的材料，只要眞實流暢，也是好的，不必勉強地把抗戰截搭上去。至於空洞的抗戰八股，那是對誰也沒有益處的。」

梁老是一位自由主義的學者，他這番話固然有點「態度輕佻，出語儇薄」❶，但是卻有一定的道理。文學畢竟不是口號，如果每一篇詩、散文或小說，都扯上幾句空洞的抗戰八股，那還是什麼文學？但梁老的〈編者的話〉竟引起一陣反對的聲浪，老舍、孔羅蓀、宋之的、巴金等作家爲文攻擊甚久，甚至到了一九八〇年，還在巴黎召開的討論中國抗戰文藝的國際會議上，餘波蕩漾。

文學是現實社會的具體反映，以抗戰時期昆明大學生活作背景的長篇小說《未央歌》，暢銷臺灣，受到青年男女的熱烈歡迎。這部長篇小說中的青年，吟風賞月，談情說愛，過得自由浪漫的幸福生活，彷彿他們生活在風光秀麗的瑞士，而非生活在苦難深重的中國。從頭到尾，嗅不到一點硝烟氣息，也絲毫沒有一點戰爭的氣氛。因此，這種童話般地擺脫現實的文學品，我們仍是不能肯定的。

清代著名詩人、畫家和書法家鄭板橋在山東濰縣作縣令時，留下一首詩：

❶這是作家老舍當時批評梁老的話。

衙齋臥聽蕭蕭竹，疑是民間疾苦聲。
些小吾曹州縣吏，一枝一葉總關情。

當廣大的人民群眾前仆後繼，向侵略者日本強盜發出最後的怒吼時；當中國遼闊的原野上，陳列著一片被敵人殺害與踐踏的屍體時，作爲一名人類靈魂的工程師——作家，你能充耳不聞，懶得過問現實，依然冷靜地躲在深宅大院，聽鳥聲啁啾，聽鋼琴流瀉出優美悅耳的蕭邦的波蘭舞曲嗎？如果像這般冷血的「與抗戰無關」的作爲，縱橫文壇，歷久不衰，中國尙有什麼希望？說句重一點的話，這種作品和「垃圾文藝」又有什麼不同？

別林斯基說：

取消藝術為社會服務的權利，這是貶低藝術，而不是提高它，因為這意味著剝奪了它最活躍的力量，亦卽思想，使之成為清閒享樂的東西，成為無所事事的懶人的玩物。❷

❷ 別林斯基：《一八四七年俄國文學一瞥》。

凡是鼓舞社會人群奮鬥向上、精神昂揚的文學作品，便是優美真摯的作品；相反地，凡是讓讀者看過作品之後，引起手淫、犯罪、走上貪污枉法、邪門歪道的路，那則是害人的「垃圾文藝」，趕快扔掉它，即使是花一千元買來的也別吝惜，因爲它會給你帶來身心上的污染與災害。

雖然我出生在孔子的故鄉，似乎我沒有受到儒家思想影響。年少時，家境清寒，沒有人指導我學習，我也曾是「垃圾文藝」的讀者。有時跑到荒郊野外去看、躲到公共廁所去看、躲到不見天日的儲藏室去看。看到刺激的地方，禁不住臉紅心跳，渾身發燒，像生了病一樣。有一天母親問我：「兒啊，你咋啦？是不是不舒服呀？」我支支吾吾，像遇見算命先生，拔腿而逃，免得被母親窺出我內心的祕密。原來羞恥之心，人皆有之，這怎不是儒家思想的影響呢？

抗戰時期，濟南淪陷日軍手中。敵人非常詭詐，他們爲了痲醉民眾的抗日情緒，一方面鼓勵大量出版黃色讀物，另一方面在城市設立鴉片煙館，讓中國人民身心獲得舒暢與滿足，最後像春天的土撥鼠，癱死在海棠葉形狀的原野上。一日，我在濟南放學途中，嗅到一股奇異而誘人的香味，迎著香味拐進胡同，只見一家小店掛有「阿片館」招牌。那時我已學習日文，阿片唸作「阿痕」，鴉片也。我鼓足勇氣走進去，在黑暗的煙蒸霧鎖的床上，燈火閃爍，不時發出吱吱地聲音，那不是一群老鼠，而是一些炎黃子孫，他們正彎腰曲背在那兒吸食鴉片哩。

這件往事在我腦海烙印下來。卽使將近半世紀後的今天回憶起來，仍舊栩栩如生呈現我的眼前。原來作壞事的人，他如同土撥鼠一樣，只能躲藏在陰暗的地層下，卻絕不敢見到陽光的。

波斯有一句諺語：「心地純潔的人敢說話。」相反地，那些心術不正，只想發財而從事「垃圾文藝」寫作的人，他總是鬼鬼祟祟，哼哼哈哈，無論走到任何場合也不表白自己的意見。因爲他心地不純潔，不敢說話。

我所親炙的王紹清教授

著名戲劇教育家、劇作家、戲劇工作活動家，四川銅梁籍王紹清教授，十一月三十日因腎衰竭症逝世，終年八十二歲。他畢生以自己曠達而樂觀的性情，春風化雨灑在無數藝術青年的心靈裡。當我聽到王老與世長辭的消息，卻抑制不住悲痛的淚水！

王紹清是當前海峽兩岸文藝界熟知的人物。遠在一九三三年，他的舞臺劇《亞細亞的孤兒》在京滬等城市演出並出版。這齣寫實主義作品，分作「怒潮」、「夜旗」、「太陽」三部曲。顧仲彝曾爲出版寫序。這齣戲劇對於當時四萬萬中國軍民團結禦侮有一定的影響。五○年代初，王老在臺北創作小說演誦腳本《理想夫人》，利用燈光、音樂、聲效，由他親自以四川味兒的國語演誦。招待全體中國文藝協會會員觀賞。當時張道藩、陳紀瀅、葛賢寧等先生讚不絕口，許多文藝界朋友也都認爲這種藝術形式是新收穫。但是也有少數人著文在報刊批評「與反共時代脫節」。多年後，王老曾經向我笑談此事：「反共時代也得輕鬆一下，不能總是扯起嗓門喊口號啊！」

那時，王紹清教授寫了大量戲劇理論作品，在中華文藝基金會的刊物《文藝創作》發表。有一位F姓戲劇工作者，到處宣揚王老某篇作品，乃抄襲陳銓舊作。當時陳銓身在大陸，海峽相隔咫尺天涯，根本無法辯白；何況文藝理論性的文章，硬指某句抄襲某篇作品，也確有措詞牽強、小題大做之嫌。不久，鳳兮在《臺灣新生報》著文說出公道話，平息了這件風波。F君當時生活潦倒，供職國大代表、河南商城籍許超主持的「遠東新聞社」。我曾私下向許超先生說：「F先生是資深劇人，請您關照他。」因爲許超和家父有故交之情。後來F君嗜好多、收入少，曾以賣血液維生。一九六七年病逝。公祭那天，王紹清先生也前往弔唁，可說他從不記仇，確有清風明月般的高尚品格。

有一年，王老主持《漢宮春秋》歷史劇演出。開幕以漢代王莽女兒王英和孝平皇帝戀愛的矛盾，步向高潮。孝平皇帝年僅十四歲，是一位純潔天眞、出身貴族的美少年。導演挑選兩名演員，採用AB制輪流出場，我爲A，B是張曾澤。從初排到彩排，我都曾經參加，但等正式公演卻排斥了我，由曾澤登臺。那時我二十出頭，年輕氣盛，窩不住這股悶氣。王老跑來安慰於我：「你不必賭氣，賭氣，對於身體有害處。」有些人捂嘴偷笑，王老卻板起面孔，提高嗓門說：「你們笑啥子？他飾演這個角色對頭。只不過他在戰亂中顛沛流浪，吃盡苦頭，所以在氣質上不像貴族，卻像無產階級。」聽了王老幽默話，我不禁破涕爲笑！我已完全融化在他那溫暖和藹的聲音裡。我既覺得慚愧，而又感到懊悔，最後低聲啜泣起來。他拍著我肩膀說：「有哭有笑，才是喜劇！」

若是我以「二字評」評論梁實秋、王紹清二位，前者「冷靜」，後者「熱情」。我編文藝月刊邀梁老寫稿，他推辭，回了一封信致歉意。當日我卻在《人間世》雜誌和中華副刊讀到他的雜文。爲了邀稿，王老爲我親自去梁府說情。先陪他談時局、天氣、健康，最後才繞到寫稿的事。梁老說：「我寫英國文學史忙。再說，我不願寫自己不願寫的東西。」爲了這件小事，我一直感激紹清先生，他對於晚輩實在太厚道了。

在戰火紛飛的抗戰時期，王老擔任中國電影製片廠編導委員。他和文學戲劇界的著名作家、演員歐陽予倩、郭沫若、陽翰笙、夏衍、田漢、張瑞芳、曹禺、秦怡等人都很熟悉，每次聽他談起如煙往事，栩栩如生展現眼前。抗戰勝利後，王老溯江東下，定居南京，擔任金陵大學教授。他的劇本《海韻》、《禮尚往來》曾在各地演出，受到廣大觀眾的歡迎。紹清先生來臺後，擔任臺灣電影製片廠首任廠長、國立藝術教育館館長，並先後執教臺灣師範大學、政工幹校、文化大學、國立藝術專科學院、世界新聞專科學院。紹清先生的朋友、門生遍及海內外各地。如今他不幸辭世，眞是我國文學戲劇界的重大損失！

五年前，王老曾返四川、西安、瀋陽等地探視兒孫。他的長子王榮嘉為西北工業大學前任校長、次子王榮新現任四川涪陵急救醫院傳染科主任，兒孫後輩皆已建立了美滿的家庭。王老回來帶了數册照相簿給友人觀賞，我也有幸看過。他在瀋陽一座鋼鐵廠向三千多名職工作了一場演說，獲得暴風雨般的掌聲。講題是「怎樣保持快樂的心情」。這題目聽來容易，做起來卻困難，唯有永遠保持愉悅心情，才會開創光明的前途。

在我接觸的文化藝術界先輩朋友之間，口才好的固然不少，王紹清先生是最讓我折服的一位。他的講演，幽默風趣，邏輯嚴謹，文學味濃，吸引力強；即使他講老子《道德經》也令人趣味盎然，絕無倦意。過去，李明煌模倣他的聲音表情，配合四川銅梁普通話，維妙維肖，讓人拍案叫絕。自從明煌赴美，國內能模倣王老演講腔調者，應該輪到我了。一日，我接到他的電話，劈頭就問：「聽說你在外邊模倣我講話，有沒有這一回事？」我嚇得心噗噗直跳，試探著問：「您是不是生我的氣？」王老壓低聲音和我商量：「我的意思，改一天，找個機會，你單獨表演一次給我聽。我請你吃飯，好不好？」心中石頭落地，我馬上回答：「一定！」由於都市工作的繁忙，感情變得粗糙而疏遠起來。偶爾碰面，也談不起這件應諾的事。歲月蹉跎，我竟然作了言而無信的騙子，我實在對不起他！因爲王老如今長眠不起，他再也聽不見我的語言表演了！

天會老，地會荒。王紹清教授寬容而豁達的性情，永留人間……

三民叢刊書目

㉔臺灣文學風貌	李瑞騰著
㉕干儛集	黃翰荻著
㉖作家與作品	謝冰瑩著
㉗冰瑩書信	謝冰瑩著
㉘冰瑩遊記	謝冰瑩著
㉙冰瑩憶往	謝冰瑩著
㉚冰瑩懷舊	謝冰瑩著
㉛與世界文壇對話	鄭樹森著
㉜捉狂下的興嘆	南方朔著
㉝猶記風吹水上鱗 ・錢穆與現代中國學術	余英時著
㉞形象與言語 ・西方現代藝術評論文集	李明明著
㉟紅學論集	潘重規著
㊱憂鬱與狂熱	孫瑋芒著
㊲黃昏過客	沙　究著
㊳帶詩蹺課去	徐望雲著
㊴走出銅像國	龔鵬程著
㊵伴我半世紀的那把琴	鄧昌國著
㊶深層思考與思考深層	劉必榮著
㊷瞬　間 ・轉型期國際政治的觀察	周志文著
㊸兩岸迷宮遊戲	楊　渡著
㊹德國問題與歐洲秩序	彭滂沱著
㊺文學關懷	李瑞騰著
㊻未能忘情	劉紹銘著
㊼發展路上艱難多	孫　震著
㊽胡適叢論	周質平著
㊾水與水神 ・中國的民俗與人文	王孝廉著
㊿由英雄的人到人的泯滅 ・法國當代文學論集	金恆杰著
51重商主義的窘境	賴建誠著
52中國文化與現代變遷	余英時著
53橡溪雜拾	思　果著

54 統一後的德國　郭恆鈺主編
55 愛廬談文學　黃永武著
56 南十字星座　呂大明著
57 重疊的足跡　韓秀著
58 書鄉長短調　黃碧端著
59 愛情・仇恨・政治
・漢姆雷特專論及其他　朱立民著
60 蝴蝶球傳奇
・真實與虛構　顏匯增著
61 文化啓示錄　南方朔著
62 日本這個國家　章陸著
63 在沉寂與鼎沸之間　黃碧端著
64 民主與兩岸動向　余英時著
65 靈魂的按摩　劉紹銘著
66 迎向眾聲
・八〇年代臺灣文化情境觀察　向陽著
67 蛻變中的臺灣經濟　于宗先著
68 從現代到當代　鄭樹森著
69 嚴肅的遊戲
・當代文藝訪談錄　楊錦郁著
70 甜鹹酸梅　向明著
71 楓香　黃國彬著
72 日本深層　齊濤著
73 美麗的負荷　封德屏著
74 現代文明的隱者　周陽山著
75 煙火與噴泉　白靈著
76 七十浮跡
・生活體驗與思考　項退結著
77 永恆的彩虹　小民著
78 情繫一環　梁錫華著
79 遠山一抹　思果著
80 尋找希望的星空　呂大明著
81 領養一株雲杉　黃文範著
82 浮世情懷　劉安諾著
83 天涯長青　趙淑俠著
84 文學札記　黃國彬著

⑧⑤ 訪草（第一卷）

陳冠學 著

本書是作者於田園生活中所見所感之作，內有田園畫，有家居圖，有專寫田園聲光、哲理的卷軸。喜愛大自然田園清新景象的讀者，將可從中獲得一份未曾預期的驚喜與滿足；另有一小部分有關人性與人生哲理的文字，則會句句印入您的心底。

⑧⑥ 藍色的斷想
・孤獨者隨想錄
A・B・C全卷

陳冠學 著

本書是作者暫離大自然和田園，帶著深沉的憂鬱面對人世之作。一路上你將有許多領略與感觸，時或有天光爆破的驚喜；但多數時候，你的心頭將披著一襲輕愁，甚或覆著一領悲情。這是悲觀哲學，卻是被熱情、關心與希望融化了的悲觀哲學。

⑧⑦ 追不回的永恆

彭歌 著

本書是《聯合報》副刊上「三三草」專欄的結集。作者以其犀利的筆鋒，對種種社會現象痛下針砭，冀望這些警世的短文，能如暮鼓晨鐘般，在這變亂紛乘的時代，起著振聾發聵的作用。

⑧⑧ 紫水晶戒指

小民 著

俗世間的珍寶，有謂璀燦的鑽石碧玉，有謂顯榮的列鼎封侯。其實生活就是人生最美的寶物，不假外求。非常喜愛紫色的小民女士，以她一貫親切、自然的文筆，輯選出這本小品，好比美麗的紫色禮物，要獻給愛好文學也愛好生活的您。

⑧⑨心路的嬉逐

劉延湘　著

本書筆調清新幽默，論理深刻而又能落實於生活踐履。走一趟作者精心安排的「心路」之旅，您將莞爾一笑，心情頓時開朗。而您也將發現，原以爲只是一條山間小路，結果卻是風景優美，鳥語花香的舒坦大道。

⑨⓪情書外一章

韓秀　著

情與愛是人類謳歌不盡的永恆主題，它爲空虛貧乏的現代生活加添了無數的色彩。本書記錄下了作者在日常生活中感受到的親情、愛情、友情及故園情，在書中點滴的情感交流裏，在這些溫馨的文字中，我們是否也能試著尋回一些早已失去的東西。

⑨①情到深處

簡宛　著

本書是作者旅美二十五年後的第二十五本結集。身爲一個教育家，作者以其溫婉親切的筆調，寫出篇篇充滿溫情的佳構，不惟感動人心，亦復激勵人性。將愛、生活與學習確實的體驗，眞正感受到人生的有情，生命也因此生意盎然。

⑨②父女對話

陳冠學　著

一位老父與五歲幼女徜徉在山林之間，山林蓊鬱，山泉甘冽，這裏自有一份孤獨的甘美。本書是記述作者父女在人世僻靜的一個角落，過著遺世獨立生活的文字畫。舉世滔滔，這應是一面明鏡，堪供讀者對照。

⑨③ 陳冲前傳

嚴歌苓 著

在好萊塢市場，多少人一夜成名直步青雲，又有多少人一朝雲中跌落從此絕跡銀海。身爲一個中國人，陳冲是經過多少的奮鬥與波折，身爲一個聰慧多感的女子，她又是經過多少的心路激盪，才能處於這洶湧波滔中。本書將爲您娓娓道出陳冲的故事。

⑨④ 面壁笑人類

祖 慰 著

本書是有「怪味小說派」之稱的大陸作家祖慰，在巴黎面壁五年悟得的佳構。他的散文神遊八荒，情貫萬里，將理性的思惟和非理性的激情雜揉一起。讀其作品既能吸收大量的科普知識，又可汲取其飄逸文風的美感享受。

⑨⑤ 不老的詩心

夏鐵肩 著

夏先生一生從事文化工作，大半心力都用在鼓勵培植有潛能的青年人，助他們走上文學貢獻之路。而他本身亦創作出不少的長短佳文。本書收錄計有：詩詞小品、散文、方塊評論等。作者一顆不老的詩心，洋溢在篇篇佳構中。

⑨⑥ 雲霧之國

合山 究 著

使中國風土之特殊性獨具一格的，與其說是天地的廣大，不如說是因塵埃、雲煙等而爲之朦朦朧朧的自然空間吧！精氣、神仙、老莊、龍、山水畫、奇書等，其產生是有如何玄妙的根源啊！就以「雲霧」爲起點，讓我們一起走進這美麗幻夢般的世界。

⑨⑦北京城不是一天造成的

喜樂 著

打從距今七百五十多年前開始，北京城走進歷史的繁華紛亂。現在，且輕輕走進史册中尋常百姓的那頁，一盞清茶、幾盤小點，看純中國的挿畫、尋純中國的足跡。由博學多聞的喜樂先生做嚮導，就讓你我在古意盎然中，細聆歲月的故事。

⑨⑧兩城憶往

楊孔鑫 著

霧裡的倫敦、浪漫的巴黎，除此之外，這兩城你可還留有其他印象。本書是作者派駐歐洲新聞工作二十多年的記錄。透過作者敏銳的筆觸，且讓讀者徜徉在花都、霧城的政經社會、文化藝術、風土人情以及歷史背景中。

⑨⑨詩情與俠骨

莊因 著

一顆明慧的善心與眞摯的情感，經過俠骨詩情的鑄煉，將生活上的人情世事，轉化爲最優美動人的文句，呈現出自然明朗灑脫的風格。文學對於作者而言，不僅是興趣，更是他的生命，但他不泥古而創新，在其文章中俯首可拾古典與現代的完美融合。

⑩⓪文化脈動

張錯 著

「我是一個文化悲觀者，因爲我個人一直堅持某種希臘式的古典禮範，而這種文學或文化古典禮範，已日漸有如夫子當年春秋戰國的禮崩樂壞。」作者就是以這顆悲憫的心，用詩人敏銳的筆觸，深刻而熱切的批判著臺灣的文化怪象。

⑩① 桑樹下

繆天華 著

本書是作者在斗室外桑樹蔭的綠窗下寫就的小品散文。作者試圖在記憶的深處，尋回那些感人甚深的、發人深省的，或者趣味濃郁的人文逸事，不惟激勵讀者高遠的志趣，亦能遠離消沉、絕望的深淵。

⑩② 牛頓來訪

石家興 著

本書爲作者三十多年來從事科學工作的心情寫照，包括思想、報導、論述、親情、遊記等等。文中處處流露出作者對科學的執著與熱愛，及超越科學之外的人文情懷，篇篇清新雋永，理中含情，情中有理，爲科學與文學的結合，作了一番完美的見證。

⑩③ 深情回眸

鮑曉暉 著

作者生長在一個顚沛流離的時代，雖然歷經千辛萬苦，但行文於字裏行間，卻不見怨天尤人；有的只是對以往和艱苦環境奮鬥的懷念及對現今生活的珍惜，以及世間人事物的觀照及關懷。做爲一本懷舊之作，或是清新的生活小品，本書皆爲上乘之作。

⑩④ 新詩補給站

渡也 著

你寫過新詩嗎？你知道如何寫一首具有詩味的新詩？本書是由甫獲得「創世紀四十周年創作獎」的詩人兼詩評論家渡也先生，深入而精闢的剖析一首新詩的形成過程，指導初學者從如何造簡單句到如何寫出一首詩，是一本值得新詩愛好者注意的書。

⑮ 鳳凰遊

李元洛 著

一生從事古典與現代詩論研究的大陸學者李元洛先生，如何在放下嚴肅的評論之筆，轉而用詩人細膩的筆觸，摹寫山水大地的記行，以及人生轉蓬的寄悵，書中句句是箴語、處處有眞情，值得您細品。

⑯ 文學人語

高大鵬 著

忙碌的社會分散了人們的注意力、淡化了人們對身旁人事物的感情，任由冷漠充塡在你我四周……而本書的作者以感性的筆觸，表達了自己對身旁人事物的眞心關懷，以平實的文字與讀者分享所遇所感，無疑是給每個冷漠的心靈甘霖般的滋潤。

⑰ 養狗政治學

鄭赤琰 著

身處地理、政治環境特殊的香港，作者藉由動物的百態來反諷社會上種種光怪陸離的政治現象，在其輕鬆幽默的筆調背後，同時亦蘊含了嚴肅的意義。這一則則的政治寓言，讀之不僅令人莞爾一笑，更具有發人深省的作用，批判中帶有著深切的期盼。

⑱ 烟 塵

姜 穆 著

作者是一位出生於貴州的苗族人，卻意外的捲入戰爭。在臺娶妻生子後，所抒發對戰亂、種族及親人的眞誠關懷。內容深沈、筆觸清新，充分顯露在生活的烈焰煎熬下，早已視一切如浮雲，淡泊名利，將其一生的激越昂揚盡付千里烟塵中。

⑽ 河　宴

鍾怡雯 著

人間繁華的請柬處處，不如赴一場難得的野宴。聽一回水的演奏、看一場山的表演，再來細細品味鍾怡雯爲您端出來的山野豐盛清淡的饗宴——極盡可口的綠、十分道地的藍，以及不加調味料的白。

⑾ 滬上春秋

章念馳 著

章太炎，這位中國近代史上的思想家、政治家，曾因領導戊戌變法失敗而流亡海外。他雖是浙江餘姚人，卻有大半輩子的歲月是在上海度過。本書是由章太炎的嫡孫章念馳先生，從家族的口述和史料中，完整的敍述章太炎的這段滬上春秋。

⑾ 愛廬談心事

黃永武 著

每個人心中都有一枝彩筆，然而在趕遠路、忙上班的歲月裏，枕頭上的日升月降中，像抛來擲去的跳丸，彩筆就這樣褪去了顏色……本書作者在辭去沈重的教職和繁雜的行政工作後，重拾心中的彩筆，爲您宣說一篇篇的文學心事。

⑿ 吹不散的人影

高大鵬 著

時代替換的快速，不知替換了多少人生舞臺上出現刹那的面孔；而人類，偏又是最健忘的族群。本書中所收錄的文章，均是作者用客觀的筆，爲曾替人類社會或文化默默辛勤耕耘的「園丁」們，做最眞實的文字記錄。

⑪③ 草鞋權貴

嚴歌苓 著

曾經叱吒風雲的老將軍，是程家大院的最高權威，九個承繼他刁鑽聰明的兒女，則個個心懷鬼胎……一個來自鄉下的伶俐女孩，被命運的安排，走入這權貴世家。威權的代溝、情份的激盪、所有內心的驕傲與傷痛，這會是怎樣的衝突，怎樣的一生？

⑪④ 是我們改變了世界

張 放 著

從事文學藝術的工作者是「人類靈魂的工程師」。如果作家不能提高廣大讀者的精神生活品質，而僅爲娛樂人心、滿足人們的好奇和刺激，那麼與馬戲團的小丑或兜售春藥的小販何異？故而作者不禁要問：是我們改變了世界，還是世界改變了我和你？

⑪⑤ 夢裡有隻小小船

夏小舟 著

日本人參加婚禮愛穿黑色、日本料理味輕單調、日本人性格分ＡＢＣＤ、還有情書居然可以賣……於日本教書的大陸作家夏小舟，在本書除了告訴你作者旅日的見聞趣事外，也且隨她乘坐那夢裡的小小船，航行向那魂縈夢遷的故國灣港中。

⑪⑥ 狂歡與破碎

林幸謙 著

你可曾聽過溯河魚的傳統？憑著當初離開河源的記憶，激勵著牠們回到了河川盡頭的故鄉。寧願冒著生命的危險，也不願成爲溫暖海洋中的異鄉客。

本書作者由溯河魚的傳統，引入海外華人的悲調，一種狂歡與失落、破粹而複雜的心靈面貌。

⑪⑰哲學思考漫步

劉述先 著

同樣的環遊世界旅行，企業家看到的是廣大的市場和商機；觀光客沉迷的是風景名勝和購物；文人墨客則歐詠人類史蹟與造物的奧祕。而哲學家呢？本書作者以其敏銳的邏輯思考，在具體的形象世界中悠遊漫步。期待您經由本書而拓寬自己的視野。

國立中央圖書館出版品預行編目資料

是我們改變了世界／張放著. --初版.
--臺北市：三民，民84
面；　公分. --(三民叢刊；114)
ISBN 957-14-2238-X(平裝)

855　　　　84002260

著作人 張
發行人 劉
著作財產權人
發行所
…六號
…五號
印刷所
門市部
…六號
…段六十一號
初　版
編　號 S 85298
基本定價
行政院…二〇〇號

是我們改變了世界
編號S85298
三民書局

ISBN 957-14-2238-X(平裝)